世紀末書商

Bookseller
in the
lost world.

八千子

illust. 淺也井

1

Contents

Prologue

晚期的今日，我們的世界正在腐朽，種種跡象顯示世界末日近了。賄賂與貪腐猖獗，兒女不再順從父母，每個人都想要寫書。

世界末日顯然近了。

我在不長不短的書商生涯中，曾拾獲各種類型的書籍，也和形形色色的人做過生意。其中，有一本名為《吉爾伽美什史詩》的書，最後好像是落到一位在旅店駐唱的歌手手中。

時隔數月，甚至數年，我已記不得那個人的長相，連他到底識不識字都無法肯定，然而我卻忘不了那本被我賣掉的書，忘不了上面所記載的這段話。

老實說，我不太明白「晚期」這個詞的意思，所以無法篤定世界是不是真的在腐朽，有可能它早就爛得徹底了，只是身在其中的我們難以察覺。

作為一個旅行書商，我與市鎮的距離太過遙遠，只能靠費茲傑羅想像曾經的輝煌。我甚至從沒見過親生父母，多虧巴爾札克才勉強學會如何忤逆雙親。

但有一件事，我比任何人都還清楚。

就是在這個荒蕪的時代，根本沒人想寫書，也沒人會寫書。
一想到這點，總是讓人感到沮喪。
理由很簡單，因為這代表世上再也不會有新故事誕生了。
同時也意味著，我們離末日還不夠近。
遠遠不夠。

〈牠〉

（原著：史蒂芬金）

1

孩子們跑、孩子們跳，在鋪滿雜草的荒原上，他們高聲喊著：「小丑要來了！」

不知道是塗了麵粉或石灰，那個人的面色慘白，刻意插在鼻尖的紅色果實十分滑稽——那是小丑，至少他看起來就像真的小丑。

隨著他「哇」地大吼，孩子們一哄而散，發出刺耳的尖叫聲。

其中有個身材特別瘦小的男孩踩著不穩的步伐，朝我們奔來，速度比其他小孩都要慢一些。小丑似乎早就知道男孩腳程不快，從一開始便緊追在他身後。

男孩回頭，嘴裡喊著：「不要過來！」卻無法讓小丑放慢腳步。

小丑朝男孩露出邪佞的笑容，抹在稚嫩肌膚上的白粉被劃開淺淺的皺紋，門牙上盡是泛黃的齒垢。

兩人一前一後的影子打在砂土地上，距離越來越近，越來越近。

最後，小丑伸直雙臂，將男孩撲倒在地，同時也壓倒路旁的指示牌，脆弱的木板應聲碎裂，但不論是男孩或小丑都彷彿不在意似的，咯咯笑出聲來。

小丑伸出手將男孩拉起，替他拍掉屁股上的塵土，男孩抱怨道：「你每次都不先去追其他人。」

「因為你最好抓。」小丑說。

汗水融化臉上的妝容，透出紅鼻子下屬於少年的輪廓。

「不公平！」

男孩抱怨，但小丑沒理他，轉身去追另一個女孩。

只見小丑靈巧地繞過另一面告示牌，跨過擋路的大石頭不過是幾秒間的事——這次也不費多少功夫就抓到女孩了。

女孩發出懊惱的怨聲，跺了跺腳。

男孩仍留在原地。第一個被小丑抓住，已經出局的男孩也在看小丑狩獵。

「嘿。」

我出聲，男孩回過頭，看見我們後發出了小聲的驚呼，怯聲問道：「……有什麼事嗎？」

他的視線明顯擺在拉車的小二子身上。

「不用怕，牠很乖的。」我拍了拍狗屁股，接著問道：「繼續往這條路走，會到你們住的地方嗎？」

男孩想了一下，看似仍然有所顧忌，我只好進一步自我介紹：「我是商人，想去你們住的城鎮做生意。」

男孩眨了眨眼睛，連續點了兩次頭。

這時，小丑回來了，男孩急忙躲到他身後，小丑語帶防備地問：「你們找我弟有什麼事？」

我告訴他我們只是問路，在表明自己商人身分後，小丑進一步追問道：「是賣什麼的？」

「書。」我說，「我是旅行書商。」

對大部分的人而言這是個陌生的名詞，何況是小孩子。原以為小丑會繼續追問，沒想到他卻以毫不意外的模樣說：「又來了啊。」

「又？」

「前陣子也來過一個人，說自己是賣書的。」

「這麼說，你們那裡有看得懂字的人嘍？」

「只有村長看得懂。」小丑回頭望了一眼，那群被他抓到的孩童正在朝他招手，看來他們正準備開始新一局遊戲。

「不能再跟你聊下去了，我們很忙。」

「看得出來。」

那對兄弟走遠後，後座的少女跳下狗車，撿起被男孩們撞倒的告示牌。

「你看。」紫虛說，「好奇怪的塗鴉。」

斷裂的木板上畫著一個巨大的紅色圈圈，圓圈裡面有好幾個小人，它們的動作活潑，像是在跳舞。一條斜斜的紅線貫穿整幅畫，也穿過小人們的身體。

放眼望去，這條路上四處可見類似的告示。

「不知道是什麼意思。」

嘴角泛起淺淺的笑容，紫虛看起來莫名的興奮，而我只是敷衍地聳聳肩。

我和她不一樣，對旅途上的各種大小事早已見怪不怪。

再說，從我們離開上一個市鎮已經過了兩天，沿途沒有經過任何聚落。長途跋涉所積累的疲勞對身心都是折磨，現在的我只想找個安全的地方睡上一覺。

「我曾經去過一個村子，那裡的人認為踩上黑色的道路會招來不幸，所以要我千萬別沿著馬路走。」

「那是因為他們不知道柏油是什麼吧。」紫虛說。

「不過，據說這些黑色的東西不是柏油，是瀝青。」

「有差嗎？」

「原料不同的樣子，但大家還是習慣稱它為柏油路。」

雖然那也是很久以前的事了。

為了驅散睡意，我和同行的少女炫耀從兒童百科上學來的知識，實際上沒有人真的對腳下的土地感興趣。

時代變了，一切文明的象徵都只是前人的遺產罷了。

狗車行走在雜草蔓生的荒廢道路上，更多立牌出現在道路兩側，一律都畫著跳舞的小人以及貫穿小人的紅線。拉車的小二子靈巧地避開地上的窪洞，卻讓乘車的我們和貨物撞得東倒西歪。

「他們說得對，真是條爛路。」紫虛發出哀嚎，「說不定那個男生騙人，前面根本沒有村子。」

「不會，因為地球是圓的。」

事實證明，男孩沒有說謊。隨著路上的立牌越發密集，我們終於看見裊裊炊煙出現在道路彼端。鐵皮拼湊而成的簡陋房舍用曬衣繩串起，上頭掛著沾滿尿騷味的破布，人們在枯死的農田裡揮著鏽蝕的鋤頭，用粗俗的笑話挖苦彼此。

不管見到多少次，這副平和的光景總能令人安心。

小小的村莊不一定有給旅人的落腳處，但只要車上備有糧食物資，任何地方都會歡迎我們，不過在那之前，最好還是先知會村長一聲，無論有沒有要做生意，先和地區首領或角頭打照面總是好事。

我向一個癱坐在路旁的男人打聽村長家的位置，順道詢問哪裡可以投宿。男人告訴我這座村子沒有旅店，外地人都是由村長負責接待。

「村長住在那裡。」

他舉起手，指向一棟兩層樓高的宅院。儘管宅院有一半都覆蓋在瓦礫堆之下，但相較其他村民的房子，還算氣派。

「可是他忙得很，不一定有時間見你們。」

「如果他知道我手上有書，再忙都會空出時間的。」

「書？那是什麼？」

「不能吃的東西。」

我取出半塊消化餅拋給男人，他把餅乾塞進嘴裡，沒有再多問。

狗車又在村鎮多繞了半圈才在宅院前停下。我敲了敲門，前來應門的是個年輕男子，看起來不到三十歲，身材比起村裡的其他人算是圓潤，有著清澈嘹亮的自信嗓音。

對方告訴我，他就是村長。

「原來是書商先生，來，快請進！」

在我表明來意後，村長熱情地邀我們到客廳坐下，與其說客廳，更像是倉庫，我注意到牆角堆著好幾根木樁，一旁還有幾片木板，木板上畫著跳舞的小人和紅色叉叉。

「來的路上，看到很多一模一樣的立牌呢。」

我隨口說道，村長聽了則點點頭。

「那個啊，是為了警告小孩子不要貪玩、跑出村子。」

原來如此，小人是指小孩，叉叉則是「禁止在這裡遊玩」，真是淺顯易懂。

「因為常有小孩失蹤。」

村長告訴我們，這座村子從他祖父那一輩起就常發生類似的事故，每次有小孩不見，大人們總是會焦頭爛額地尋上半天，但最後都空手而歸。

起初以為是人口販子，可是村莊地處偏遠，人口販子不可能大老遠跑來，只為了抓一個小孩走，後來他們認為是附近的野獸把小孩吃掉了，但野獸覓食也不至於連遺體的骨骸都不留下。

至今，失蹤小孩的數量繼續攀升，仍然沒人知道孩子們到底跑去哪裡。

「所以你才做了這些告示牌啊。」紫虛說：「不過似乎沒什麼用，我們來的路上才看見一群小孩在外面玩。」

「不好意思，我的旅伴說話比較直。」

「沒關係，這也是沒辦法的事。」村長露出苦笑。「都是因為大人不知道該怎麼解釋失蹤的原因，所以小孩才覺得沒必要害怕。」

這就是所謂的眼見為憑吧。

並不是無法理解，但這和我們的生意無關。如果是想跟客戶拉近關係，這個話題太糟了。

我想起小丑男孩說過的話，改口問道：「聽說前陣子也有書商來過？」

村長收起臉上的陰霾，發出傻呼呼的乾笑聲說：「是啊，那個人不小心迷路才會走到我們這裡來，不然別說是書商了，這小地方什麼也沒有，連強盜都懶得光顧呢。」

村長的話正好呼應剛才人口販子的猜想，不過我可不想和罪犯相提並論就是了。

「所以我很驚訝你們會特地跑來這裡，總不會真的是來做生意的吧？難不成也迷路了嗎？」

「做生意當然重要，但同時我們也在找人。」我指著身旁的女孩說：「在找她的父母親。」

我報上兩人失蹤前的穿著打扮，都是很醒目的特徵，普通人見過一次應該就很難忘記。

「嗯……沒印象。就像我說的，這裡很少會有外地人經過。」

「沒關係，畢竟她最後一次見到父母也是很久以前的事了。」

我只是照慣例隨口問問，打從一開始，我就不抱任何期望。

寒暄過後，切入正題，我解開從狗車取下的包袱，裡頭裝著五六本類型迥異的書籍。雖然書況參差不齊，至少沒有缺頁或汙損。

「哎呀，這下可以開開眼界了。」

村長隨手拿起一本書，仔細端詳背後的簡介，從他閱讀時的模樣我看得出來，這個人是識字的，是真的會對書感興趣的那種人。

不久，他放下手中的書，拿起另一本。這樣的流程反覆幾次，最後面色尷尬地問我：「還有其他書嗎？」

「狗車上還有不少，不如告訴我你想讀什麼類型的書，我再拿給你參考。」

「以前我還滿喜歡讀小說的，但現在我想找些對村子有幫助的書。」

「有幫助的書啊，如果是指經營管理的話……」

男人聽了，急忙搖手道：「啊不，我不是指跟錢有關係的，這裡的人不習慣用城市發行的貨幣，大家做生意都是拿現有的東西交換。」

「那你說的有幫助是指……？」

「小孩失蹤的事情長久以來都困擾著村民。如果可以，我不希望再有父母親因為小孩不見而傷心了。」

「這個問題恐怕沒有那麼好解決。」

但書是很神奇的東西，往往能帶給讀者意想不到的啟發，說不定我帶來的典籍真的有能派上用場的也說不定，重點是我不想放棄任何一筆生意。

於是我和紫虛回到狗車，又分別搬了一疊書下來，都是前陣子從圖書館裡帶出來的，我早已利用旅途的閒暇時間讀完，所以現在脫手也無所謂。

「你可以隨意翻閱，只不過全部讀完要花上不少時間，而且我也不能讓你白看。」

我向村長如此坦言，他想了一下說：「不如這樣吧，給我一點時間考慮考慮，這陣子你們可以住在我家。我能提供床鋪和飲食，也會找信得過的人幫你們照看行李。」

聽起來是不錯的提議。做生意原本就是為了混口飯吃，不論他最後有沒有要買書，我們都能無償換到食宿。我詢問同行旅伴的意見，紫虛沒有點頭但也沒搖頭，我便當作她同意了。

男人堆起滿面的笑容，喚來兩個村人協助我們把狗車停到他家後院，接著不知從哪裡冒出一個嬸婆，引領我們來到今晚入住的房間。

「我住在對面的鐵皮屋裡，只是三餐來這替那孩子準備吃的。」

老婦人自我介紹道，而她口中的「那孩子」指的是村長。

「為什麼這麼年輕的人會當上村長呢？」我問道。

「因為他是這裡唯一見過世面的人，知道外面世界的險惡。」

老婦人說，這裡的人從有記憶以來都沒有離開過村子，雖然每過一段時間就會有耐不住性子的人吵著要出外闖蕩，但不知是在外遭遇不測，還是在新地方紮了根，從未看見有人返鄉。

除了現任村長。

「所以村裡若是碰上了什麼麻煩事，大家都得指望他。」

紫虛冷不防地回道：「例如小孩失蹤嗎？」

「那個啊……」

老婦人凝望著紫虛，皺起了眉頭道：「那是例外。」

例外。

因為是村長也解決不了的問題，所以是例外，是異常事項，是嗎？

「每隔一陣子就會發生同樣的事，孩子們溜出去玩，回來時發現好朋友不見了。歷來當村長的，沒有人能解決這問題，所以大家也不會對那孩子抱持過多期待。」

「但這樣下去，村裡的小孩只會越來越少。」

去村長家前，我先在村裡稍微繞了繞，不過三四十戶的百人小村，實在禁不起年輕人口流失。

「那也是沒辦法的事。」

老婦人給了和村長相同的答案，不同的是，她又補上一句：「習慣就好。」

短暫的沉默後，婦人再度開口。

「如果怕孩子走丟就多生幾個，走丟的就當作還回去了，日子還是得過，別跟自己過不去。」

至於要還給誰，老婦人沒有說明。

當異常成為日常時，最終也得變成習以為常。

我不知該如何回應，只好笑了笑，紫虛沉默不語，臉上沒有任何表情。

入夜後，我們在客房裡吃著老婦人端來的晚膳。雖然稱不上是多豪華的房間，但寢具被鋪俱全，也有可以盥洗的臉盆。想必在我們入住前，她已經先打點過了。

碗裡的米飯，與其說是稀飯更像是飯湯，似乎是用紅糯米煮成的，但咬下去卻會流出鮮紅的汁液，把整碗湯染成緋色。對此我決定不追究，畢竟在物資貧乏的小村莊不能強求，光是能填飽肚子便足矣。
倒是紫虛對村長和婦人的話耿耿於懷，向我說道：「如果小孩會失蹤，我們可能也有危險。」
「妳今年幾歲？」
「我過過十三次生日。」
「和家人一起過嗎？」
「嗯。」
「真好啊，能有人替妳慶生。」我雙眼打量著她說道：「但妳看起來不像只有十三歲。」
「那也是爸爸媽媽離開前的事了。你呢？」
她好像沒有察覺我的視線。
「十七或十八，記不太清楚。」
一些大城市裡有會算年齡的人存在，據說是看掌上紋路決定。我曾花了兩顆彈珠請對方幫我看歲數，但因為不懂原理，所以並不是百分之百相信。
「那我們都還算小孩。」
「妳對小孩的定義還真寬鬆。」
「法律上是這樣沒錯。」
「別管那種沒用的東西了。」

我不認為小孩失蹤的原因和年齡有絕對關係，儘管這些可能性已經被村長否定，但不管是人口販子或在外遊蕩的野獸，都不會因為小孩多一歲少一歲就放過他們。

之所以挑上小孩子，純粹是因為他們好欺負。

初生之犢不畏虎。很久以前有句俗諺是這麼說的。

「只要別落單就不會有事。」

「那我一步也不會踏出房間。」

由於在狗車躺了兩個晚上，我和紫虛並沒有因床位問題而起爭執，簡單擦拭身體，把油垢洗去後便倒頭就睡，一覺到天亮。

2

隔天早上，我在一片蟲鳴鳥叫聲中醒來，側身一看，發現同行旅伴還彌留在夢鄉，嘴角流著紅色的口水。

因為無事可做，我決定外出散步。

原本我對這座村子的印象就不壞，在受到村長和老婦人款待後更覺得這是個適合人居的地方。

即使貧瘠的土地種不出什麼作物，但這問題不管去哪裡都一樣。

這樣的地方，真的長年籠罩在兒童失蹤的陰影下嗎？

我一邊思忖，一邊在晨間的步道上走著。

忽然，有人從我面前跑過。雖然卸下了小丑的妝容，但我認出他是昨天的那個少年，沒有戴上紅鼻子的他看起來成熟許多，手裡正握著一顆髒兮兮的棒球。

我叫住他，他回過頭，打了聲招呼道：「是你啊。」

「昨天謝謝你了。」

「所以你們有找到村長吧？」

「嗯，我們決定在他家多留幾天。」我問道：「你今天不扮小丑了？」

「小丑？」

「就是你昨天扮的樣子。」

「喔，你說那個啊。除非今天又是我當鬼，否則我根本不想把臉弄成那樣子。」

「普通的鬼抓人用不著這麼講究吧？」

「這是故意的。聽說村外有小丑會抓小孩來吃，所以我們才會扮成這副模樣，比較嚇人，也比較好玩。」

「為什麼是小丑？」

少年聳聳肩說：「只是謠傳，沒有人知道為什麼。不過大人都很討厭我們跑出村子，尤其是村長。」

「因為常有人失蹤嘛。」

少年瞇起眼睛，輕聲說了句：「你知道啊。」

「嗯，路上那些告示牌就是他設的。你們昨天不是才撞倒一個嗎？」

「你沒有跟他說吧？」

「沒有。」

「那就好。」

因為只是散步，我並沒有特定的目的地，只是很自然地跟著少年的步伐。少年也不打算趕我走，我們逐漸往背離村子中心的方向走去。

少年再次開口問道：「大哥哥是旅行商人吧？那你一定去過很多地方了。」

「算是吧。」

「那你見過小丑嗎？」

「我在書裡看過。」

「我不是說書，我是指真的小丑。」少年追問：「小丑真的會吃人嗎？」

「據我所知是不會。」

儘管我如此回答，卻也不能篤定。我連普通的馬戲團小丑都沒見過了，何況是吃人小丑。這世界上充滿我所不知道的事物，或許真的有嗜食小孩的小丑存在也說不定。

但我認為少年口中的小丑，只是村裡人為了防止小孩跑出門而隨便捏造的故事，昨天村長和老婦人也說了，沒有人知道小孩失蹤的真正原因。可惜沒有小孩把小丑的傳說當一回事，否則就不會扮成小丑在外嬉戲了。

和那些立牌一樣，成效不彰。

「其實這也不能怪村長，他會擔心不是沒有道理。」

「怎麼說？」

「很久以前——我們還沒出生的時候，村長的弟弟也不見了，跟其他小孩一樣，到現在都找不到人。」

原來如此。之所以想解決兒童失蹤案件並不單純是因為村長的包袱，他自己就是受害苦主。

「目前為止有多少小孩失蹤？」

少年聳聳肩。

「我自己只知道三個，一個是在我很小的時候，鄰居家的大哥哥，另一個是住在村口的女孩子，最後一個……」少年欲言又止地沉下臉來：「算是我的朋友。」

距離現在，不過是約莫兩個季節前的事。當時少年和朋友們在玩捉迷藏，其中有個平時就特別擅長躲藏的孩子，大家怎麼找都找不到他。

「直到太陽下山，那傢伙還是不肯現身。其他人都說再不回去會被爸媽罵，只有我和弟弟留下來繼續找他。」

當然，兄弟倆最後還是沒找到那孩子，兩人直到對方的父母親登門詢問時，都不知道該怎麼解釋。

因為不見就是不見了，沒人知道為什麼。

「不過幸好那傢伙還有個妹妹，我想他爸媽應該不會太難過才對。」

「是嗎？」

「『小孩不能只生一個』，大人們都是這麼說的。」

我沒有關於父母親的記憶，離成家又還很遙遠，以後也不一定有如此打算。親生骨肉逝去時會有怎樣的感觸，我難以想像。

想起老婦人的話，孩子沒了就是沒了，大不了再生一個便是。或許這也是村裡人共同的價值觀。

來到村口，一群小孩在遠處朝我們揮手，少年的弟弟大喊道：「哥哥，快點快點！大家都在等你！」

看來他們今天又要跑到村外玩。

少年好像突然想起什麼，補充道：「出了村子右轉，走一小段路有座墓園，那裡有專門紀念失蹤小孩的地方。」

他說，因為我看起來對失蹤的孩童很感興趣。

「那麼，我先走了。」

少年將手中的棒球丟給弟弟，並朝孩子們的方向奔去。

我留在原地，目送孩子們鬧哄哄地消失在道路盡頭。

「墓園啊……」

其實我並不是感興趣，純粹是因為無事可做。

過幾天我就會離開村子，這座村子的煩惱不是我能解決的，也和我沒有關係。

——純粹是因為無事可做。

少年指示的方向，是一個上坡路段。我沿著坡道走，看見數座石頭堆疊成的小塔出現在路旁，這裡距離村子有段距離，途中也插滿了禁止在此遊玩的告示牌。

一個男人低垂著頭，佇立在其中一座石塔前。

是村長。

「那是你弟弟的墓嗎？」

聽見我的聲音，村長先是露出錯愕的表情，接著皺眉問道：「你聽誰說的？」

「村裡的孩子。抱歉，我不知道你也是受害者。」

「我不是受害者。」

他冷冷地看著面前的石頭塔說：「我弟才是。」

「我記得你說小孩們都失蹤了，所以——」

「對，所以這裡沒有埋那些孩子的屍骨，只是紀念而已。」

有時人們會因為情況特殊無法尋回屍首，而用死者生前的物品代為埋葬。衣冠塚，印象中是這麼稱呼的。

我循著村長的視線看向石塔，但石塔上沒有刻名字，也沒有記號。

「因為沒有人記得以前失蹤小孩的名字，這座塔是我當上村長之後才蓋的。」

如果只紀念他當上村長後失蹤的小孩，那對過去的孩子們就太不公平了。

哪怕沒有名字也好、哪怕只是紀念也好，他不希望那些孩子被人遺忘，所以他不能寫上任何人的名字。村長是這麼認為的。

「過去有太多小孩失蹤，村裡的人早就麻木了。雖然不希望小孩子亂跑，但他們也管不動。」

「所以你就告訴小孩，村子外有吃人的小丑？」

村長看著我，沒有回答，就只是看著。

我說：「那群小鬼不信這套，他們還扮成小丑，當成遊戲玩。」

「是嗎？」

「其中一個男孩告訴我的。」

「這樣啊。」

他輕輕吐了口氣。

「看來得想其他辦法了。」

接著，又望了一眼石塔，如對待老朋友般拍了拍我的肩膀。

「就算沒辦法阻止他們跑出村外，也不能跟其他人一樣，不把小孩的生死當一回事。」

村長離開後，我又在墓園逗留了一陣子。雜草叢生在數個隆起的土丘，撕碎的花瓣在砂土上腐朽。

我雙手合十，在墓前禮拜。我和世上大部分人一樣，不相信魂靈，也沒有信仰，只是純粹為失蹤的孩子感到可憐。

濕滑的觸感自臉龐傳來，我抬起頭，發現天上開始落下雨點，雨聲逐漸刮破絲綢般綿密的空氣。

隨著雨越來越大，霧氣也變得濃重，我只能憑藉道路和遠處燃起的火光判斷村子的方向。

前方忽然出現朦朧的人影，少女撐著幾乎只剩骨架的塑膠傘朝我走來，腳下的皮靴陷入泥濘，讓她原本就很笨拙的步伐更加緩慢。

「妳醒啦。」

「雨下太大了。」紫虛說。

我走入傘下，她接著問道：「你跑出來幹嘛？」

「散步。」

「昨天是誰說『只要別落單就不會有事』的？」

「我忘了。」

雨水淋濕了我們大半個身體，那把傘一點用也沒有。我抬起頭，破爛的雨傘連骨架都開始鏽蝕，再多淋一些雨想必就會自動解體了。

但紫虛還是堅持要撐著它，她說以後撐傘的機會只會越來越少。

回到村長家，比我先行離開的村長似乎還沒回來，只有昨天的老婦人在，見到我們，她嚷嚷著「這樣會生病的」並走入柴房，準備燒熱水。

為了感謝紫虛冒雨到村外找我，我讓她先洗。輪到我時，水已降溫不少，但還算溫熱。考慮到薪柴也是村裡的資源，我不好意思再開口。久違地洗過一次澡，已是萬幸。

坐在浴盆裡，聽著窗外的雨聲，看著冉冉上升的熱氣，我忽然想起少年和朋友們。他們應該也回去了，霧氣瀰漫，根本什麼也玩不了。

直到夜幕降臨，雨仍在下著。吃過老婦人準備的稀飯後，紫虛點起油燈，坐在書桌前練習寫字，而我則是早早便躺在床上準備就寢。

像這種持續一整天的雨甚是惱人，說不定會一連下好幾天。

我闔上眼皮，意識逐漸模糊，外頭傳來的雨聲聽起來像腳步聲，半夢半醒間，遲遲無法沉眠。那座石頭塔如刻在我的眼皮下，我遲遲忘不了那座沒有屍身的墳塚，與站在墳前的男人。

忽然，有人搖動我的身子，是紫虛。

油燈仍在燃燒，她還沒有睡。

「外面好像很多人。」她說。

「是嗎？」

我走到窗邊，水氣凝結在玻璃上，幾團黃橙色的光球快速閃過。

我抹去水氣，發現那些光球實際上是拿著火把、提著油燈的村民，他們吆喝著「快點！」、「不好了！」一邊在雨中狂奔。

我和紫虛交換眼神，披上外套走出宅院。

循著村民奔跑的方向前進，最後走出村子。在離村口不遠的地方，一群人簇擁成一團，正七嘴八舌地討論眼前的景象。

我試著忽視那群人說的話，一一將他們推開。紫虛被我留在身後，不打算跟上。

人群中央，是具小孩子的屍體。

屍首已殘破不堪，到處都留有狀似牙齒撕咬的孔洞。火光照耀在那孩子的臉上，我認得，那是少年的弟弟。

「該死！怎麼會發生這種事？」有人大聲喊道，但沒有人回答，也沒人知道該怎麼辦，於是又有一個人跟著喊了聲「該死」。

寂靜小村裡，人們的情緒正在沸騰，火炬燃燒的聲音很輕易地被此起彼落的叫喊聲蓋過。

村長也在人群中，唯獨他什麼也沒說，只是面色蒼白地看著男孩的屍體，嘴唇微微發顫。

「我弟弟呢！我弟弟在哪裡？」

少年的聲音傳來，我回過頭，正好被他一把推開。

看見倒在地上的男孩，少年衝上前去抱起他，崩潰大哭。男孩的斷肢早已和軀體分離，手臂斷面留下鮮明的切裂痕跡。

哭聲聽得讓人難受，雨水和汗水交融的黏膩感也令人不快。

離開人群，紫虛問我發生什麼事了，我告訴他男孩死了。

哪個男孩？她問。

第一個被小丑抓住的孩子。

我說。

3

大雨轉成細雨，但尚未有止息的跡象。

再等下去，這場雨也不會結束，我收拾好行李，告訴紫虛我們該走了。

昨晚發生的事歷歷在目，度過一晚，仍覺得血腥味殘留在鼻腔，含在嘴裡的唾沫也帶有苦澀的餘味。我前去敲村長的房門，想向他討回借閱的書籍，不過，在門前等待良久，都沒有回應。

我走出宅邸，街道十分冷清，三五個大人成群結隊巡邏，路上不見小孩的蹤影。

因為男孩的死，全村陷入警戒，沒有一個小孩敢再跑到村外玩了。

「喂。」

一個戴著麻布帽的人站在鐵皮屋的轉角處，示意我走近。

「你是……」

那個人脫下帽子，是少年。

「我打算去找小丑。」

他的語氣沒有任何起伏，卻掩飾不了那雙哭紅的眼。

「你可以跟我一起來嗎？」他問。

「你真的認為是小丑做的？」

「不是嗎？」少年說：「就算不是小丑，我也得把那隻吃掉我弟弟的怪物殺了。」

「你也看到你弟弟變成什麼樣子了，你去了只是白白送死。」

「我沒打算自己一個人去。我記得你們是騎著一頭很大的狗來的對吧？有牠在就沒問題。」

「我不能讓小二子也陷入危險。牠的命比你我都值錢。」

「如果只是錢的話……」少年說著，同時從口袋裡取出一個小布袋。

「不不不，這和錢沒有關係，那只是比喻。」

「可是——」

「你應該更珍惜自己的生命，你弟弟一定也希望你能連同他的份活下去。」

這是書上常見的台詞，總是出現在安慰往生者親屬的場合。

但少年聽了卻只是低下頭，沉默不語。

「人死了就什麼都沒了。」

他依然一句話也沒說，似乎是對我感到失望，準備就此離去。

隨著他轉過身，我聽見布袋裡傳來清脆的聲響。

「等一下。」我說：「你打算怎麼找出怪物？」

我知道我說服不了少年。如果我在這時拋下他，他肯定會自己去村外尋找殺害弟弟的怪物。

幸運的話，少年會失望地空手而歸。

若是不幸，那墓碑要弔祭的人又會多一個。

我不能眼睜睜看著生命在眼前逝去，因為我是有道德的書商。

我回到房間，叫紫虛放下行李，去院子把狗牽來。

小二子可能知道要外出活動筋骨，狗尾巴搖得厲害。牠嗅了嗅少年，又用濕漉漉的舌頭舔遍他全身，少年對我露出苦笑。

村人見到我們三人一狗，僅僅是瞥了一眼便快步離去，沒多說什麼。

我原以為所有小孩都被關在屋裡禁止出門，現在看來倒也不是這麼回事。

「因為我沒有爸媽，沒人管得動我。」

在少年年幼時，父母因感染風寒去世，這些年來除了父母留下的微薄財產外，偶爾他也會幫村長做些雜活，和弟弟相依為命。

換言之，即使兄弟倆死去，村裡也不會有人為他們難過。

「原來如此。」

我正忙著清點著布袋裡的金額，無暇深思。

好幾雙眼睛透過破碎的窗柵窺視著我們，有小孩也有大人，靜靜地看著我們走出村外。

男孩的遺體已經被移走，雨水沖不掉地上的深紅色汙漬。

我讓紫虛騎在小二子身上，這樣不論殺害男童的怪物真身為何，至少還有人有機會跑掉。畢竟我對紫虛還有所虧欠，她自然是最有活命資格的人了。

連日下雨，地上早已泥濘不堪，拖慢了我們的速度，但往好處想，足跡也不容易被抹去。

路上，少年告訴我他也搞不清楚弟弟在深夜跑出村外的原因，那很反常。少年說。

就算是村裡較為年長的孩子，也不會一個人大半夜跑出村子。

「我們並不是不相信小丑，村長會這麼講肯定有他的理由。你不是也說了嗎？你不知道這世界上是不是真的存在吃人小丑。」

「因為比起小丑，那更像惡魔。」我說。

或許村長的故事並非憑空杜撰，或許他真的曾看過一個狀似小丑的生物在村外遊蕩，而現在有個小孩被殺了。不論牠到底是什麼，那東西還在村子外。

我們逐漸遠離村莊，密布在荒原上的雜草與半個人等高，歪斜的告示牌插在草叢中，上頭依然畫著那群被畫上紅線的跳舞小人。

小二子忽然停下腳步，朝遠處的草叢狂吠。

「這隻狗是怎麼回事？」少年問。

「可能草叢裡有東西。」

我向少年借了竹竿，那是他出門前從鄰居家院子順手帶來的。

我手握著竹竿，戰戰兢兢地往草叢裡刺去。屆時不管有什麼東西跳出來，都能隨時逃跑。

草叢被翻動，蚊蟲從中竄出，除此之外，沒有任何動靜。
「別嚇人啊。」
我拍了一下狗腦袋，小二子發出裝可憐的哀鳴，接著又繼續朝草叢吠叫。
「知道了知道了，我去看看就是了。」
確認沒有生物躲藏在裡面後，我放下戒心，徑直往草叢走去。
空氣中傳來落葉腐土的味道，與屍臭相去甚遠，但小二子的反應仍讓我不免多做遐想。
大不了，也就是什麼動物死在草叢中而已。
再次用竹竿翻弄草叢，這次我也踏了進去。
草叢裡面什麼都沒有，只是一團爛泥鋪成的空地。
踏上泥地，腳立刻陷了進去，我並沒有多想，繼續前進。
濕泥土落進我的鞋子裡，冰涼卻讓人發癢的觸感彷彿土裡寄宿著蛆蟲，正在搔抓著我的皮膚，所踏出的每一步似乎都比前一步更為吃力。
很快，我便知道那不是錯覺。
無奈還是發現得太晚，回過神來，整隻小腿都已經陷入泥土中了。
不……這不是普通的泥地……
紫虛和少年推開草叢，看見身陷泥地的我，兩人都愣住了。

「不要靠近！」我大喊：「這下面是沼澤！踏進去就爬不出來了！」
手裡仍握著竹竿，我試著將它拔起，想遞給兩人，請他們拉我上去，但竹竿也卡在泥地中，動也不動。
「去找看看有沒有棍子！快點！」
「我、我記得村長家有草叉，那個可以嗎？」
「隨便什麼都好！」
我拚命掙扎，卻越陷越深，總覺得腳踝似乎被什麼東西抓住了，費盡力氣也無法阻止下沉。
紫虛往前踏出一步，朝我伸出手，旋即她的腳也開始下沉。
「笨蛋！快回去！」
她似乎裝作沒聽見，仍伸直手臂，但那個距離不管怎樣都不可能搆到我，再說就算碰到了，她也沒力氣把我拉上去。
不過是白費功夫而已。
我放棄抵抗，除了祈禱少年盡快回來外什麼也做不了。
泥漿壓迫著我的胸口，呼吸也越來越吃力。
早知道就不要多管閒事，內心後悔極了。
我的頭部逐漸沒入土中，視線一片漆黑，僅有小二子的狗吠聲還迴盪在耳裡。全身上下只剩一隻手還露在土外，雨點打在掌心，相較於沼地的泥沙，雨水反而溫暖。

突然，有東西打到我的手，我立刻握緊它。那是條棒狀物，觸感柔順，明顯是經人工刨製過。

隨著牽引的力量漸強，腳下的阻力彷彿也越來越大，那東西緊抓著我的腳踝，好像兩邊各有一股力量在拉扯，要把夾在中間的我扯成兩半。

最後，我被拉出土中。發現握在手裡的是一根草叉，而草叉的另一端則綁上麻繩，繩子被含在小二子口裡，牠齜牙裂嘴地扯著麻繩，紫虛和少年也握住繩子想把我拉上來。

重回地面的我，在沼地邊緣大口地喘著氣，腳下仍拖著爛泥，雨水落入口中，依然是那股揮之不去的腐敗氣味。

「謝謝……」

我向兩人一狗道謝，卻沒有回應。

抬起頭，紫虛指著我的腳說：「你看。」

我這才發現，剛才纏在腳上的，並不是普通的爛泥。

泥巴漸漸被雨水洗去，露出黃灰色的腐肉和白骨。屍骸的上半身仍裹著衣物，下半身已經消失。應該是剛才拉扯時留在沼澤中了。

雖然遺體只剩下半截，但也看得出是小孩子的屍骨。

我伸手抹去頭顱上的泥濘，屍體仍有半邊臉未腐，看得出生前的樣貌，如睡著一般安祥的遺容。

「他是？」

我的聲音很快被雨聲蓋過，眼前所見，猶如一齣即將謝幕的默劇。我看見少年靜靜地朝我走來，靜靜地蹲在我身旁，靜靜地望著那具遺骸。

「原來你在這裡啊……」

少年輕喚朋友的名字，是他不久前失蹤的夥伴。

我拄著草叉，狼狽地爬起來。解開纏繞在上的麻繩，草叉末端仍留有黑紅色的血液。

我沒有聽村長他們提起過，不過我想每次有小孩失蹤前，肯定都下過雨。

雨水溶化泥土，隱藏在下的沼澤因此浮出。這麼說來，當初來到村子時聞到的嗆鼻氣味其實不是尿騷味，而是沼氣。

我問少年打算怎麼處理屍體，他聳聳肩表示不知道。

「那就把他放回去吧。這底下肯定還有很多。」

放眼望去，類似的地質結構肯定到處都是。那些失蹤的小孩和未曾返鄉的年輕人……每座沼澤底下可能都藏著人類的屍骨。

這座村子本身就被大大小小的沼澤所圍繞。

紫虛似乎還有話想說，我搖搖頭，告訴她現在不是時候。

現在還不是時候。

4

踏上歸途時，雨已經停了。

我們把少年的朋友放回沼澤中，過不久，沼地便會被硬土層掩蓋，直到下一場雨來臨前……不，就算再下雨，也不會有人發現那孩子了吧。

因為少年的弟弟死了，吃人小丑確實存在，所以孩子們肯定都不敢再跑出村子了。

我們和少年在村口道別，他手裡握著草叉，我詢問他是否要幫忙還給村長，他告訴我他還要再借一陣子，說完，便往墓園的方向走去。

雨過天青後，陽光灑落，草叉的末端反射著紅色的光芒，我依然沒辦法把雙眼從那抹腥紅移開。

我們回到房間，繼續收拾未整理完的行囊。小二子知道我們要走了，正在庭院來回踱步。

「以後只要把沼澤地填起來，就不用再擔心小孩掉進去了吧。」紫虛一邊整理桌上的稿件，一邊說道。

「是這樣沒錯。」

「這樣村長也不用再煩惱了。」

事到如今，我也不確定他知道小孩失蹤的真相會不會感到開心。

我們揹起背包，走到村長的房間。

敲了敲門，村長還是沒回來，但不能再繼續耽擱，我擅自轉開門把，走進房間。

村長的房間堆滿雜物，桌上有未完成的告示牌還有如小山一樣高的書本，牆上掛著鋸子和鐵鎚等工具，留下一個突兀的空位，我猜少年的草叉就是從這裡拿的。

我拿下鋸子，上面沾著沒清理乾淨的血脂和頭髮。

「不知道他到底有沒有讀完。」

直到聽見紫虛的聲音，我才急忙把鋸子掛回牆上。

回過頭，她正拿起一本書翻閱，檢查有無汙損。

「不重要了。」我說：「趕快收一收，走吧。」

將房裡的書統統收入布囊中，我們推開門扉，正好和老婦人撞個滿懷。

看見我們手裡大包小包的，婦人問道：「這麼快就要走了嗎？」

「嗯。妳知道村長去哪裡了嗎？」

「他去墓園祭拜弟弟了。剛才有個小男生也問過一樣的問題，你們約好了是吧？」

「只是隨口問問，已經沒事了。」

老婦人依然用慈祥的嗓音說：「不如你們再留一陣子吧，我去弄點東西給你們吃。」

「又是稀飯嗎？」

「這裡也沒其他東西可以吃了嘛。」

「那不用了，我們還要趕路。」

匆匆向老婦人道別，我們把行李扔上狗車，離開村莊。

車輪在黑色路面上喀啦喀啦地空轉。雨依舊下著，不過只剩下細雨殘絲。

紫虛解開布囊，想檢查行李有無遺落。

「哎呀。」

「忘掉東西了嗎？」我問。

「是沒有忘啦……」她有些難堪地說，「但好像不小心把人家的書拿走了。」

我接過紫虛遞來的書。

那是一本恐怖小說，封面畫著鮮紅的小丑微笑。

「大概是村長從上一個書商手中買來的。」

我還記得，他說他想找些對村子有幫助的書。

他肯定是從這本書中得到了吃人小丑的靈感吧，但他不知道吃掉小孩的不是小丑，是沼澤。

我閉上眼睛，告示牌上跳舞的小人、昨晚死去的男孩，幾個鮮明的畫面在我腦中一閃而過。

最後浮現的，是少年拿著草叉往墓地走去的背影。

草叉和那些掛在牆上的工具一樣，沾染了血跡。

「要還回去嗎？」紫虛問。

「不用了。」我說：「我不想再回到那個村子了。」
「我還以為你很喜歡那裡呢。」
「我可不想每餐都吃稀飯。」
「我也不想。」
在發現孩子們不相信小丑的故事後，村長是怎麼說的呢？
他告訴我他會再想其他辦法。
我將書還給紫虛。封面上的小丑嗤笑著，鮮血從牠的嘴角流下。

孩童的尖叫聲在耳窩裡打轉。

※關於《牠》：
史蒂芬・金於一九八六年發表的驚悚小說，描述一群小孩和食童小丑潘尼懷斯對抗的故事。

〈牆中鼠〉（原著：洛夫克拉夫特）

1

無聊是生命最大的敵人。

會說這種話的傢伙多半過著衣食無缺的日子，不用為生活煩惱，所以才有空感到無聊。

但很不幸，這個時代沒剩下多少排解無聊的手段，最直觀的方法就是讀書。

所謂的書，是前人所留下，將寫有各種文字內容的紙張集結成冊的發明。由於不易保存，現今又沒有能撰寫書籍和製造紙張的人存在，因此一些稀有書往往能賣到相當驚人的價格。如果是記載著失傳技術的古老典籍，甚至會成為城邦之間戰爭的理由。

然而要找到能讀懂書的人相當不容易，至少對每天都在為下一餐煩惱的平民百姓而言，在家學習讀書識字的效益絕對比不上出外拾荒撿破爛。久而久之，「閱讀」便成了少數人才得以掌握的技能，而他們也將書中所學應用於生活中，確保家族的繁榮得以延續。

只不過，想取得書本，意味著必須走出市町村鎮，到野獸和匪徒橫行的廢土上尋找前人留下的遺物，一旦稍有閃神，很容易就丟了性命。

因此，藏書家通常會向拾荒者或旅行商人收購書籍，但閱讀能力有限的商人們無法辨別書本的內容與品質，有時候連缺頁、汙損都無法察覺，導致雙方常因為價格問題爭論不休，畢竟買書人不願當冤大頭，買瑕疵品，賣書人也不希望自己捨命換來的寶物被賤價售出。最後的結果就是連買賣都做不成，占據行囊空間的書本會因此成為拾荒者眼中的垃圾。

於是在這樣的背景下，出現了一批以賣書為生的旅行商人，人們稱其為「書商」。這些人的出身背景迥異，有的是落魄豪門的子弟，有的則是自立門戶的書商學徒，但共通點是他們對文字的精熟度都比常人高出許多，富庶人家相信他們的專業，過去交易書本常有的糾紛不復見，書市再度蓬勃。

作為書商，我曾獨自一人在廢土上旅行很長一段時間。

現在則因為某些緣故，和一名少女結伴同行。

少女的名字叫做紫虛，我是在某座圖書館廢墟發現她的，據說過去她都在地下書庫裡過著與外界隔絕的生活，靠著父母遺留的存糧度日。

「架上的書我都讀完了，可以全部送你。作為交換，我希望你能帶我一起旅行——」

當時的我身處於無盡書海構成的迷宮中，感到吃驚的同時，聽見書庫裡的少女如此說著。

還沒聽清楚她的話，我便接受她的提議。因為書庫裡的書真的太多了。

拜她所賜，我已經好一陣子沒有為生活煩惱。與她相處起來也算愉快，畢竟在孤單的旅途中，能有人結伴同行是相當幸運的事。
事後回想，紫虛之所以挑上我作為旅伴，除了我是第一個找到她的人外，書商的身分也意味著會在旅途中接觸到各種不同類型的書籍。
對已經閱畢所有館藏的少女而言，「無聊」亦是她的敵人。
而那篇名為〈牆中鼠〉的故事，正是紫虛告訴我的。

2

不管是城裡的旅舍或路旁的驛站，拾荒者永遠是不受歡迎的對象。
有生意做固然是好，但會聲稱自己「以拾荒維生」的人盡是一些無賴，身上通常不會有任何城市發行的貨幣或商鋪的債券，相對的，他們會使出渾身解數說服別人買下撿到的垃圾，好像真的以為口袋裡的破銅爛鐵足以替今晚弄到一張爬滿蝨子的床鋪。
像這種人，打從一開始就不是來做生意的。所以有經驗的旅店主人不會給他們在櫃檯前賴皮的機會，早在他們把手伸進行囊前，就會有個彪形大漢先一步把人扔出去。
每當類似的場面上演，旅館內總是充滿快活的空氣。

日漸西沉，那時我和紫虛因為天上開始落下紅棕色的雨滴而加快腳程來到旅店，正好目擊到一個瘦皮猴被丟出門外，於是我很配合地跟著店內的人們一起發出笑聲。

「有什麼好笑的？」

走入旅店時，紫虛問道。口氣中不帶任何責備之意，她是真心感到不解。

「沒什麼。」我聳聳肩。「只是這樣做接下來會比較方便。」

「方便？」

「妳也該試著融入社會了，隨時保持微笑很重要。」

「這樣啊。呵、呵。」

我沒有再理她，而是走到櫃檯前出聲招呼。老板看見我，也豪爽地笑了幾聲回應我臉上的笑容。

「所以剛才那傢伙打算拿什麼東西跟你換？」我問道。

老板擺了擺手說：「天知道，搞不好是路上撿來的泥巴丸子。這個世界上啊，遊手好閒的人都到外頭撿垃圾去了。」

他總喜歡把這句話掛在嘴上，我知道他沒有惡意，也點點頭表示同意。和那些在外撿破爛的拾荒者不一樣，我很清楚知道自己在找什麼。

雖然和拾荒者在本質上沒有不同，都是從廢墟裡翻垃圾，但因為讀得懂文字，也具備鑑定書本價值的能力還有人脈，所以書商的身分總會受到莫名敬重，只有笨蛋才會把我們和毫無專長的拾荒者混為一談。

很慶幸老板不是這種人。

「他們隨便找間屋子都可以睡，不用來我這裡為彼此找麻煩。」老板嚷嚷著。

「有人照看的地方總是睡得比較安穩。對了，最近有看到老師來鎮上嗎？」

「沒有耶，夫妻倆都好一陣子不見了。」老闆皺了皺眉。

「那大概是在忙著校稿吧，那個人只要開始工作就不會停下來。」

「你們的行話我聽不懂，反正你說是就是了。」

一陣寒暄後，我告訴老板希望能住在有兩張床的獨立房間。接著，我從懷中掏出一個布囊，倒出幾顆彈珠，說道：「我還沒去兌幣行，身上暫時沒有其他地方的錢。」

「不要緊。」老板簡短答覆後，從我的手心取走五顆彈珠，接著想了想，又把其中一粒放回去。他看了一眼我身旁的旅伴，說道：「上次你來時沒見過她呢。」

「嗯，是旅行途中認識的。」

不論在哪個時代，過問他人隱私都是無禮且不必要的，所以老板沒有追問下去，指了指樓梯的方向說：「上樓後左手邊最裡面的那間，隔音很好。」

同時，他將兩包消化餅和瓶裝水交給我，這是飯店附的早餐，只不過是預先供應。輕輕一捏便知道裡頭的餅乾早就碎得一塌糊塗，寶特瓶裡還有纏成一團的孑孓浮在水面。

才隔幾個月沒來，實在不能期待飯店的膳食會有所改善。

以往我都是住在類似通鋪的客房裡，十幾個人像停屍間一樣睡成一排。雖然我對和陌生的房客共枕同眠並不會感到特別排斥，但毫無隱私也很難讓人睡得安穩，而且總有人喜歡打呼。現在多了個旅伴，算是有藉口下榻在獨立客房了。

狹小的空間裡擺著兩張床，除此之外還有一張很明顯是從外面撿來的成套書桌椅。若不是衛浴間被木板條封起來了，說不定浴缸還睡得下第三人。

我試著拉開衣櫃的門，發現那扇門其實和櫃子本身是完全分離的。

真是好房間。

美中不足的是牆上破了一個洞，穿過暴露的鋼筋可以與外界相通，雖然大小不足以讓大蚊子通過（是真的很大的那種蚊子），但晚上灌進來的冷風還是會讓人輾轉難眠。而且，睡在窗邊很容易著涼。

回過頭，紫虛已經在靠近門口的那張床上躺平了。她斜睨著我，並沒有起身的意思。

決定今晚的床位後，我輕輕嘆了口氣，把背包堵在牆上的破洞前，希望它能替我擋住寒風還有大蒼蠅（也是真的很大的那種蒼蠅）。

雖然天色不早了，但也還沒到就寢的時間，我伏案於桌前，打算花點時間整理明天要交給老師的文稿。

那是一篇名為〈The Rats in the Walls〉的短篇小說。
「你在看什麼？」
紫虛見我坐了好一段時間，也從床上跳起來，湊到我身旁。
「我在整理要請人翻譯的文章。」
「不是小說嗎？」
「應該是小說沒錯。」我說。
只不過當初在廢墟裡撿到它時，整本書已經散掉了，僅有這篇故事是完整無缺頁的，於是我便把它帶在身上。
可惜是以被稱作「英文」的文字系統書寫而成的文章，所以還得請人翻譯才能脫手，當然翻譯的工本費又是一筆開銷。若不是因為我自己也很好奇故事內容，否則這種近乎無利可圖的生意沒有一個書商肯做。
「可以讓我看看嗎？」
「這是用英文寫的。」我把稿件交給她。
對不懂英文的我而言，讓這份稿子按照頁碼排序後工作就結束了。不管在書桌前掙扎再久，紙上的文字也不會變得容易理解。
紫虛掃視了一遍標題說：「嗯……牆裡的老鼠，我想是這個意思。」

「妳看得懂英文嗎？」

畢竟是自幼在圖書館裡成長的少女，若真如她所說，已經把館內的書都看完了，那學會其他語言也不是不可能。

「一點點。我能繼續看下去嗎？」

「當然可以。」

旅途中撿到的書都得先借她看，這是我們之間不成文的規定。

但那畢竟是英文。

她隨手翻著那疊稿件，速度忽快忽慢，有時會皺起眉頭露出費解的表情，有時又會睜大眼睛、抿起嘴唇，看起來相當緊張。我不確定她究竟讀懂了幾成，搞不好只是在故弄玄虛。

「大致看完了。」

約莫二十分鐘後，她說。

「不過很多字看不懂，所以我想你明天還是得去找那個人幫忙翻譯。」

「這篇故事在講什麼？」

我不喜歡在閱讀前被人提前告知結局，但我非常想知道故事的內容，便拜託紫虛和我提點大綱就好。

「簡單來說，就是有一個人常聽見牆壁裡有怪聲，還經常因此做惡夢。他懷疑是老鼠入侵了他的房子，後來打開地下室，結果發現房子底下——」

「到這邊就好。」

我急忙喊停。

「所以牆壁裡的聲音其實是老鼠發出來的。」

「大概吧。反正後面我也看不太懂。」

聽起來是一部恐怖故事，以現在的市場而言，是僅次於心理勵志和健康保健的熱門書系。

我正好認識不少對怪談有興趣的買家，相信對方一定會開個好價錢。不過在那之前，果然還是要先請老師幫忙翻譯才行。

牆裡的老鼠啊……

看來以前的人也和我們一樣，對老鼠感到頭疼。只不過，那個時代的人似乎沒有食用老鼠的習慣，所以跟我們比起來，他們又更悲慘一點。

聽起來相當有趣。

我一邊想著老鼠的事，一邊留意牆裡有沒有怪聲，當然最後什麼也沒聽見，反而是灌進室內的寒風更像某種哀鳴，直到我整個人埋進被窩裡才平安進入夢鄉。

3

「那位老師是怎樣的人？」

隔天一早，在前往老師家的路上，紫虛問我。

「他長得滿特別的。」我一時想不出更好的措辭，最後只能給出這種模稜兩可的答案。

被我稱為「老師」的男人名叫威廉，是翻譯小說中常出現的名字，應該也是源自英文。我不知道他的祖先來自哪裡，但肯定是與我們不同的地方，因為老師有著比其他人還深邃的五官以及淡金色的頭髮，即使上了年紀，身材依然高挑挺拔，就像長腿叔叔。屬於見過一次就很難忘的類型。

不過，最重要的是，老師是我認識的人中，唯一一個精通英文的人。以前我曾請他翻譯過美利堅總統的傳記，而那本傳記現在應該還放在某位城主的辦公室裡。

「如果你未來有拿到任何英文書，都歡迎來找我。」

老師也是個愛書的人，儘管他的收費不便宜，但過去幾次的成果都讓人滿意。這次除了有新工作要委託他之外，我也得索取上次拜託他翻譯的文本。

老師現在和妻子住在山坡上的老宅院裡。出了市鎮後，要走過一段平緩卻漫長的狹窄林道。

由於鮮少人經過，復甦的土地上開始長出比人還高的雜草，地上會不時出現奇怪的腳印，比人類的腳底還大兩倍左右，七個趾頭讓我無法想像腳印主人的模樣。

幸好大部分的行李都留在旅店裡，只有那份稿子被我放在肩上的側書包裡，所以走起路來不會感到吃力。

倒是紫虛，走沒幾步路就和我拉開好長一段距離。

「還好嗎？」我回過頭。

她手裡拿著不知何時撿到的枴杖，面色蒼白地看著我。

「不好。」

「忍耐點，快到了。」

「你五分鐘前也這樣說。」

「那是因為我們才走不到二十分鐘。」

二十分鐘只是體感數字，但我想應該和實際經過的時間誤差不大。

離開林地，老宅院映入眼簾。那是一棟相當特別的石造建築，擺在這片土地顯得相當突兀，上次造訪時我也因為那奇特的外觀而在外滯留好久。

石磚砌成的牆、尖尖的塔樓還有圓拱石搭建而成的大門，古老的建築風格和舊時代遺留下來的廢墟都顯得截然不同。

「這是教堂吧。」紫虛說。「書裡提到的教堂好像都是長這樣，以前的人每星期都會來這裡一趟。」

「那也是很久以前的事了。」

我跨過倒榻的石牆，來到門前敲了敲，卻遲遲等不到回應。

「沒人在家嗎？」紫虛問。

我試著轉動門把，門上鎖了。

「或許是在後院。」

老師在宅院後闢了一個小農田。

現今大部分的土地都很難種植作物，就算種了也常常長出一些無法食用的蔬果，可是對於獨居在此的夫妻倆而言，儲備糧食總有消耗完的一天，所以他們一直沒有放棄農稼。

雖然不知道當季盛產哪種水果，但田園裡的果樹已經結實纍纍。我順手摘了一顆果子給紫虛，那東西長得很像草莓，只是表皮光滑，一顆籽也沒有。

紫虛不疑有它，將果子拋進嘴裡。

隨後立刻發出嘔吐聲。

「看來是不能吃了。」

「嚼起來跟檳榔一樣。你也應該試試。」

「妳吃過檳榔？」

「剛剛是你們敲門嗎？」

突然聽到背後有聲音，我們立刻站直身子回過頭。如果被發現偷吃對方的食物，就算是交情再好的朋友都有可能反目。

幸好那個人沒有發現，他帶著平緩的微笑朝我們走來。

「嗨。」那是個面容白淨、穿著體面的青年，他再次出聲招呼道。「有什麼事嗎？」

「我們是來找老師的，有事要拜託他。」

「老師？」

「威廉先生。」我說。

「……喔，姨丈現在不在呢。他和阿姨去找朋友了。」

這麼說，面前的青年是老師的外甥，難怪和老師長得一點也不相像。

「老師有說什麼時候會回來嗎？」

「不知道，我也是臨時被阿姨拜託來替他們看房子的。」青年露出苦笑，見我們沒有打算離開的意思便接著問道：「要進來坐坐嗎？」

我二話不說就答應了。

我們從庭院的後門被領進屋內，來到散發著潮濕氣味的飯廳，與廚房接壤，流理臺上還擺著吃到一半的番茄豆罐頭。

「不好意思，打擾你了。」

上次與老師會晤是在客廳，所以我忍不住東張西望起來。桌巾上積了一層灰，角落堆著空罐頭，到處都有蚊蠅飛舞。我不知道老師已經離開多久了，顯然他的外甥沒有妥善替他打點家務。

「不會。倒是你們吃過了嗎？」

「沒有。」

能多蹭一餐也不錯，而且自從上次吃過老師家的罐頭後，我一直忘不了那味道，即使是久遠時代被製造出來的東西，但那才算得上是真正的食物。

「喔！」他打開身旁的櫥櫃說：「那請自便吧，別客氣。」

櫥櫃裡堆滿罐頭，但其實也只有番茄豆一種選擇而已。我幫自己和紫虛都拿了一罐。

「剛才你說有事要找姨丈，是什麼事呢？」

我們三人圍在餐桌前吃著罐頭時，青年問道。從他的口氣聽來，似乎也想幫忙。

「前陣子有請老師翻譯過文章，這次打算再麻煩他。」

「翻譯？」

「嗯，就是請老師幫我把文章從英文翻成中文。老師有提過這件事嗎？」

「沒有，但我知道姨丈很喜歡看書，所以不是很意外。」

我把那篇小說拿出來推到男人面前，雖然希望渺茫，不過要是他也看得懂英文，或許就可以直接委託他，不用透過老師了。

「啊，不用了。別說英文，我根本不識字。」

結果又立刻被青年推回來。

但不識字的青年似乎仍對這篇文章……不，應該說對這疊紙很有興趣。他追問道：「翻譯完了之後要做什麼呢？」

「拿去賣給有興趣的人。」我說：「這是旅行書商的工作。」

「旅行書商啊……以前我也是像這樣各地跑來跑去的呢，但現在覺得安定下來也不錯。」他笑嘻嘻地補上一句：「當然得要阿姨他們願意收留我啦。」

正當我思考該如何回話時，他又接著問道：「做這行很賺錢嗎？」

「要看運氣。」我說：「如果能把對的書送到對的人手上就沒問題。」

「對的人是吧？」

青年似懂非懂地笑了幾聲。這時，天花板上突然傳出一陣躁動聲，聽起來像是有東西在二樓，或是在夾層間奔跑。

「還有其他人在嗎？」

「人？」

「或是其他東西。」

「那大概是老鼠吧。」

青年一派輕鬆地說，卻讓我想起昨晚紫虛說的故事。

牆裡的老鼠。

不過仔細想想，房子裡面有老鼠並不是什麼稀奇事，應該說，老鼠本來就是習於和人類同住的生物。在人類的歷史中，曾發生過因為老鼠而產生的浩劫，所以老鼠一度被視作疫病的化身，然而又有許多書上的老鼠被描繪成擁有討喜的外型，甚至還會穿著鮮豔的紅褲子逗小孩笑，可見我們從以前就是矛盾的生物。

「姨丈家還養了一隻貓，我原本希望牠能幫忙抓老鼠，可惜那隻貓整天只知道睡，還一點都不親人。」

「有貓耶。」我聽見紫虛低聲呢喃道。

青年繼續說道：「所以一開始每天都被老鼠吵得不得安寧，但住一陣子後也習慣了。倒是食物要好好保存，一不注意就會被老鼠偷吃。」

「這也是沒辦法的事。」我敷衍道。

又聽見聲音了，這次甚至看見細小的砂石從天花板上掉落，如果那真的是老鼠，肯定也是隻非常巨大的老鼠，普通的貓咪說不定都打不贏牠。

我擅自揣測著，好像明白那隻貓成天偷懶的原因了。

回想上一次拜訪老師時，我沒有聽他提過老鼠的事，那時也沒有這些惱人的聲音，看來老鼠的問題是在這幾個月才發生的。

「有沒有考慮買點捕鼠器？」

如果抓到老鼠的話，晚餐還能加菜，我敢說天花板上的那隻老鼠絕對夠吃好幾天。

「難不成你身上正好有？」

「我只是一個書商，不做書以外的買賣。」

拜那篇故事所賜，老鼠的動靜讓我越來越感到不安。吃完罐頭後，我向青年表示想要借紙筆，打算留封信給老師。因為他看起來不太可靠，搞不好會忘記轉告我的委託。

青年愣了一下，直到我說：「紙筆應該在老師的書房裡找得到。」，他才回過神來，拋下一句「稍等」就離開了。

明明我才是客人，卻說出了比主人還像主人的話。對不會閱讀的人而言，書房應該是他無意踏足的地方。

我聽見他踩上階梯的足音，過一會兒，聲音斷絕。

「嘿。」紫虛用手肘敲了敲我的臂膀。「要不要去找貓？」

「在別人家亂跑不太好吧。」

何況主人就在屋內。

沒等我的勸告，紫虛就自己站起身來走到門邊。

「去找貓吧。」

這次不是問句了。

原以為青年只是去捎個紙筆，應該不會花上多少時間，卻遲遲不見他回來，等著等著連我都感到不耐煩了，最後也接受紫虛的提議走出飯廳。

「喵喵。」紫虛模仿貓的叫聲，但模仿得很差。

「才不會有貓這樣就上鉤呢。」

「汪汪。」

經過幽暗的長廊，木板牆上到處都是坑洞，坑洞裡晦暗無光，感覺就是老鼠寄居的好地方。撇除破損的地方不談，這的確是一棟相當氣派的宅院，若以前真是做為宗教場所而設立的也不讓人意外，在那之後大概歷經了好幾次裝修才變成現今這副模樣。

紫虛把門一扇扇打開，大多數房間都空蕩蕩的或是未經整理，畢竟老師夫妻倆也用不到多少房間，除了基本生活起居以外，勉強再加上個書房。

貓不可能會自己開門，至少在牠們長出人類的手指之前，要拉開緊閉的門扉相當困難。我推開其中一扇半掩的門，果然看到一隻黑貓坐在破爛的沙發椅上。

那是過去我和老師商談工作事宜時使用的客廳，雖說是客廳，但就是一間擺著沙發和茶几的房間。脫落的壁紙垂到地面，還黏在牆壁上的部分則爬滿黴斑及髒汙，天花板上垂著只剩下骨架的吊燈，一些老師在外撿來，形狀特異的石頭和木塊則充當擺飾品，雖然和整個空間顯得不協調，卻也使客廳不致於讓人感到荒涼、死板。

至於那隻貓——好像根本沒察覺到我們進來似的，直愣愣地望著正前方。

「嘿。」直到紫虛出聲，牠才轉過頭來，看到紫虛接近，立刻就跳到窗邊，來回幾次攻防，黑貓始終和我們保持著至少三公尺的距離。

「看來牠討厭妳。」

「不是我，是我們。」

紫虛不肯放棄，努力想親近那隻性格乖僻的貓，而比起貓，我更在意的是牠剛剛看著的東西。是一幅畫。

當然，那不是什麼怪誕的畫作，只是一幅普通的肖像畫，畫像充滿裂痕，處處可見斑駁。畫中的女人不是老師的妻子，她抱著一隻白色、狀似老鼠的生物。我伸手觸摸，硬質粗糙的質感，似乎是用被稱為油彩的顏料繪製而成，這種顏料現今已無人生產，因此這肯定也是舊時代的遺物。

「我才不會想在自己家裡擺別人的畫像呢。」追貓讓她耗費不少體力，紫虛喘著氣來到我身邊，也一同望向抱著白鼠的女人。

「但很多人的傳記都是拿自己的相片當封面啊。」

「那倒是無所謂。」

雖然傳記和小說是不同類型的書籍，對我們而言，讀傳記跟讀小說的感受卻差不多。因為傳記裡常描述以前人的生活狀況，如果我們活在那個時代，肯定每天都會被父母逼著去上學，而不是在外拾荒。

那個時代，不識字的人反而才是少數。

「原來你們在這裡。」

青年出現在門邊，手上握著紙和筆，好像沒有因為我們擅自亂闖而感到不悅。

「來，這是你要的東西。」

「謝謝。」

我接過紙筆，隨口問道：「這幅畫是哪來的？」

「畫？」

「嗯，上次拜訪時沒看見這東西。」

「喔……那個啊。應該是姨丈撿到的，我不太清楚。」

青年沉默了一下才又展開笑容問道：「怎麼？不好看嗎？」

「我不會想在自己家裡擺別人的畫像。」我說。

我花了點時間，把要給老師的留言寫好。不是什麼特別的內容，只是些簡短的寒暄以及這次委託的事宜，當然也包含價碼。由於不知道老師何時會回來，所以並沒有提及約定的交稿時間。我想，再次造訪老師也是很久以後的事了，這陣子應該夠他把這篇文章翻譯完成。

寫完信後，我將信件連同〈牆中鼠〉一同交給青年，請他代為轉交。

「信如果弄丟了也沒關係，但這份稿件十分重要，請務必妥善保管，千萬不要被老鼠啃壞了。」

「上面沒有沾到蜂蜜還是餅乾屑吧？」

「應該沒有。」

「那就沒問題。」

青年又笑了，那張笑容反而讓我越來越難以相信他。

直到我們離開宅邸前，紫虛都沒能碰到那隻神經質的黑貓。而牆中依然不時傳出老鼠窸窣聲，聽起來就像在磨牙。

4

「把那份稿子交給他真的沒問題嗎？」

回程時，紫虛問我。我很想叫她把體力留下來專心走路，可是只要提起有關書的事，她甚至比我還健談。

「也只能這樣。」我說：「因為留在身上也沒用，又看不懂。」

「那你可以等老師回來之後再親自交給他，反正你也還沒收到上次委託的稿子。」

紫虛可能是認為〈牆中鼠〉會被老師的外甥偷偷拿去轉賣。畢竟我方才表現出來的態度，肯定會讓對方誤以為這份稿子是相當貴重的東西。

但正如我所說的，書本的貴賤與否，揣看它在買家眼中的價值而定，既然男人不識字，那也很難找到適當的門路或手段把稿件轉售，對他而言，那部小說不過就是一疊廢紙罷了。

我向紫虛如此解釋。

「再說，翻譯要花上不少時間，我們不可能留在旅館等老師回來、翻譯完畢才離開。如果可以的話，我還是希望下次造訪時就能收到譯本。」

除非有特殊理由，旅行書商很少在一個沒有商機的地方滯留。我想下次再經過老師家，肯定又是好幾個季節後的事了。要是運氣不佳，也有可能再也回不來。

紫虛沒有多說，只是默默點了點頭。

回旅館前，我們去了市町內的兌幣行一趟，接著又到附近的糧食市場採買旅途所需的補給，順便解決午餐。

市場裡也有販售無籽草莓，看來這是附近的特產，顯然當地人都已經習慣那怪異的味道了。我看看價格，發現這東西遠比我所想的還要昂貴，突然覺得紫虛把它吐掉簡直是暴殄天物。

轉瞬一過，已經有半天的時間被消磨掉。回到旅館的我面臨抉擇，不知應該在此多歇腳一晚，還是乾脆直接啟程，但要是來不及抵達下一個聚落，那就得冒著被野獸或盜賊襲擊的風險在外露宿了。

「噯。」

正當我猶豫時，紫虛敲了敲我的肩膀，將幾張紙遞給我。

「這是我在書桌後面找到的。」

我接過紙張，發現是〈牆中鼠〉最後幾頁的稿件。

「虧我昨天還特地拿出來整理……」

肯定就是在那時候掉進夾縫中的，我的用心反而多此一舉。

「看來要再跑一趟老師家了。」雖然對自己的粗心感到懊惱，但這反而給了我一個不錯的留宿藉口。

「妳要跟我去嗎？」我向紫虛問道。

那個人光是走一點路就累得不成人形，再走一次來回四十分鐘的路程可能會要了她的命。

「這次能不能坐車去？」

「那條小路，狗車開不進去。」

「好吧。」

原以為她說的「好吧」是打算留下來看家，沒想到她卻走到門邊看著我，一副隨時準備出發的樣子。

「那棟屋子給人的感覺很危險，你最好不要一個人去。」她說。

「只是老鼠而已。」

雖然我不覺得多一個毫無戰鬥能力的隊友有任何幫助，但也不想辜負她難得一片好意。

我們再次前往老師家，那棟老鼠住宅。這次我決定配合紫虛緩慢的腳步，結果發現自己也走得氣喘如牛，花了比預想中還長的時間才抵達宅邸。

「不好意思！又來打擾了！」

我不得不拉高音量，畢竟老師的外甥能泰然自若地住在被老鼠包圍的環境，日夜忍受煩人的嚙咬聲，恐怕聽力已退化許多。

我用力敲著大門，久久得不到回應。

「出門了嗎？」

轉動門把，門依然是上鎖的。

於是我們像早上一樣，沿著地上的石徑走到後院。

後院也沒有人，倒是後門半敞開著，好像正在代替屋主招呼人進去。

我們互相看了彼此一眼，誰也沒多說，很自然地走入宅邸。

我並沒有刻意放輕腳步，畢竟只是來交付遺落的稿件而已，不是拾荒者也不是強盜，就算被人撞見，只要解釋自己的來意即可。

神奇的是，就在我踏入室內時，天花板及牆壁裡的沙沙聲一時斷絕，彷彿那些老鼠學乖了，知道有人來訪而變得安分起來。

我想〈牆中鼠〉應該會被放在老師的書房裡，便走上樓，紫虛沒跟著我。

「我要找貓。」她說。

老師的書房裡瀰漫著灰塵的氣味，從玻璃窗灑入的陽光反而替書架拉下長長的陰影。書櫃上放著各種不同類型的書刊，其中不乏用外文撰寫而成的書。大多數中文書我都經手過，但也有一些我無法估量價格的稀有作品，我克制住翻閱它們的衝動，繼續尋找〈牆中鼠〉的蹤影。

毫無意外也毫無困難的，我最後發現〈牆中鼠〉就放在老師的書桌上，看起來像隨手擱置，顯然老師的外甥對它沒什麼興趣。

除此之外，還有另外一份稿子壓在底下，那是我上次拜訪老師時請他翻譯的稿件，按照約定，本來應該要趁這次機會向他索取譯本。

〈The Picture in the House〉，翻譯成中文就是〈屋裡的畫〉。

並不是因為我讀得懂英文，而是中文譯名就寫在英文標題的下方。我翻閱著稿件，發現老師已經幾乎把整篇故事翻譯完畢了，只留下最後一個段落沒有完成。

我迅速把桌上的〈牆中鼠〉和〈屋裡的畫〉一併收入書包中，匆匆走下樓梯，看見少女木然地佇立於客廳門前，一動也不動。

她靜靜地注視著前方，讓我想起那隻黑貓。

「紫虛。」

直到我出聲，她才僵硬地轉動脖子望向我，同時指著客廳的方向說：「你最好來看看。」

我來到她身邊，立刻停住腳步，眼前的景象讓人的思路一時中斷。

稍早才見過面的青年就在裡頭。

青年的脖子套在繩圈中，懸掛在鏽蝕的吊燈底下，背對著我們。

紫虛繞到他的面前，抬起頭看了一眼道：「死掉了吧。」

「傷腦筋。」

我搔著頭，也不知該如何是好。

畢竟是有過一面之緣的人，突然就這麼死了，讓人感覺很差勁。

無論如何，還是先把他放下來好了。

我把茶几推到青年腳下，踏上去把他的遺體抱下來。

「這樣就好了嗎？」紫虛問。

「埋起來也可以，但會花上很多時間。」

「可是——」

我說：「而且很累。」

「好吧，那算了。」

我抬起頭，正好與畫中的女子四目相接。

那名抱著白色老鼠的陌生女子。

回想起當我問起這幅畫時青年的反應，他似乎認為那幅畫是老師掛上的。

環顧四周，那些放在壁櫥上的擺飾，有些是形狀特殊的石頭，有些則是市集販售的木工藝品，每一樣東西都和那幅畫的風格很不搭調。依我對老師的認識，他對舊文明的藝術品一向沒有太大的興趣。

「他的腳邊什麼也沒有，不可能是自己吊上去的。」

我站起身，來到畫像前。

幾個月前來訪時還沒有這幅畫，而在青年入住前畫像就出現了。照常理推斷，老師應該是在這段期間拿到畫的，只是旅店老板也說很久沒看到老師了，後院的農作物證明這段時間他除了翻譯工作之外應該都忙於農務，那麼，他到底是在什麼樣的機緣下取得這幅畫的呢？

這裡地處偏遠，除了我以外，不會有商人特地登門推銷，所以，這只是我的假設。說不定，老師自己也不知道這幅畫的存在。

我決定拿下畫作。

一幅長寬皆不足一公尺的畫，不用費多少功夫就能輕易取下。出現在眼前的，是一個窟窿，隱藏在畫像後面的橡木嵌板遠比鼠洞還要巨大，正好可以讓一個成年人鑽進去。

洞裡漆黑一片，宛若無底深淵，即使如此，隱約能看見模糊的形體在暗影中晃動。

我湊上前，想看得更仔細一點，但很快就打消了念頭。

「我只是來拿忘掉的東西而已。」

我朝洞裡喊道，隨後便拉著紫虛的手離開房間。途中我們和那隻黑貓擦身而過，黑貓連一眼都沒看我們，立刻跳入牆壁的洞中。

走出屋子後，我從書包裡拿出〈屋裡的畫〉，說道：「只剩下最後一個段落沒翻了。妳看得懂嗎？」

「我試試看，不過你不等老師翻完再拿走嗎？」

我望著菜圃彼方的兩個小土丘說：「老師才不會放著翻到一半的稿件不管就離開。」

更別說是出遠門去找朋友了。這個時代，沒什麼能維繫彼此的手段，除了待在自己身邊的人，記憶裡的故人往往會就這麼留在記憶裡，所以，當然也不會有突然受託，而入住這棟宅邸的親戚存在。

想起剛才在洞裡看見的那幾雙眼睛，青年肯定也和我一樣，因為好奇而把畫拿了下來。
或許在他住進這棟屋子之前，這裡的主人早就不是老師了。
畢竟，牆裡的老鼠絕對不會擁有與我們相仿的雙眸。

※關於《牆中鼠》：
洛夫克拉夫特於一九二三年撰寫，隔年發表於《Weird Tales》的恐怖小說。講述主角繼承祖先留下的修道院遺址後，在院內遭遇到的種種不可思議現象。

〈那對特別的雙胞胎〉

（原著：馬克吐溫）

1

在汽車被製造出來以前，人們是使用自己或動物的力量運送貨品。那個時代，最為普遍的交通工具是「馬車」，除此之外也有用牛或是駱駝拉車的例子，比起孱弱的人類，這些動物的體能和身型都強壯許多，因此數百年間人類都靠牠們的力量來往各地。

時至今日，所有汽車都變成爬滿青藤的廢鐵，人們再度回到仰賴獸力討生活的日子。

「以前有句話說白馬非馬，能拉車的馬都是好馬，所以狗當然也可以勝任馬的工作。」

承載著兩人的體重以及大包小包的行李，負責拉車的小二子似乎聽懂我的意思，神氣地「汪！」了一聲。

小二子是我的狗，體型如一頭牛般巨大，同時還長有兩顆頭，兩顆腦袋的個性截然不同，右邊的頭充滿活力又貪吃，左邊的頭生性文靜，老是看到牠在打哈欠。因為某些緣故，我並沒有替牠們取兩個名字，而是沿用前任主人替牠起的名字「小二子」。靈感來源很明顯是因為牠的兩顆大腦袋。

「而且有牠在，強盜也不太敢襲擊，連聘請護衛的開銷都可以省下。」

「就算你這麼說，也很少人會用狗來代替馬拉車吧？」

與我同行的少女說道，我已經忘記是因為什麼契機而開啟這個話題了，沒想到她卻願意放下手邊的書繼續話題，或許是因為路程顛簸讓坐在貨台上的她無法專心讀書所致。

「的確沒有見過。我認識的書商都是用牛拉車，大概是因為地理環境的關係，馬也不常見。」

不僅書商，任何商人都是一樣的。牛車等同生財工具，成為一個商人的基本就是要先擁有自己的牛車，所以師徒如果感情不錯，學徒可能會在拜別師傅的那天收到一輛牛車作為禮物。

「那你的牛呢？」紫盧問。

「就說是感情好的師徒了。」

我記得那時候我只收到兩本書作為餞別禮。

說來，這又是一個傳統，不過是僅限於書商的傳統。學徒出師的那天，師傅得送徒弟三本書。

「這三本書分別代表過去、現在和未來，『過去』是徒弟以前最喜歡的一本書，『現在』是徒弟當下最需要讀的書，『未來』則是師傅希望弟子將來能讀的書。」

「哦？那你收到了哪些書？」

耳際後再度傳來回應，這次我沒有回頭了，繼續說道：「《小氣財神》和《資本論》。」

「你喜歡《小氣財神》啊？」

「師傅看我常常帶在身邊，好像以為我喜歡，但我其實只是想諷刺他。」我聳聳肩：「重點是那本書很便宜，跟《資本論》一樣。我猜師傅自己也沒有讀完《資本論》，這本書是他當初在某間印刷廠裡撿到的，足足有一整箱完好無缺。」

「但這樣只有兩本。」

「對，只有兩本，因為剩下的書都很貴，他捨不得送我。」

後來，我用《資本論》談成我第一筆生意，成功換到一塊不慎掉到水裡的麵包，客戶是一個上廁所時忘記帶紙張進去的人。

有這樣的師傅，我是不可能會收到牛車當禮物的。但或許正因為師傅是個小氣至極的人，我才有機會遇見小二子。

即使故事的結局不如人意，如今回想，總是有些懷念。

2

許多年前，與師傅訣別後的一個星期，我吃下最後一口泡水麵包，漫無目的地在山林間行走著。

之所以來到這種荒郊野嶺，純屬意外，若不是聽信前一個村落的人指路，我也不會落得如此下場，如今回想，當時那個人正忙於整理撿到的垃圾，根本無暇應付我，肯定是隨便替我指了個方向就此敷衍。

當我回過神來時，自己已經迷失方向。四周盡是狀似竹子的禾本科植物，但這些竹子長相奇特，在達到一定高度後會分岔至兩端，就好像字母「Y」一樣，生長的竹葉延伸開來，遮蔽了天頂的光線。這奇異的景象抓住我的注意力，讓我一時忘記飢餓，就好像以前人沉迷於尋找幸運草一樣，我也很好奇這片竹林裡會不會有正常的竹子，但走了好一段路，每一根竹子都無例外地呈現「Y」型。

一個閃神，沒注意到地上剛冒出頭的竹筍，跌了個踉蹌，竹筍正好刺進我的腿裡，霎時鮮血如注。

第一時間我在意的竟然不是腿傷，而是竹筍，我想知道幼小的竹筍是否已經開始分岔了。我認為那時的我恐怕早就因為疲勞，神智不清了。

結果就在我仔細觀察竹筍時，不遠處傳來狗的叫聲。此時我才意會事情的嚴重性，我的腿負傷，鮮血的氣味瀰漫在竹藪中，再加上體力不支、行動不便，無疑是野獸口中的肥肉。

我試著移動腳步，但只要一挪動受傷的腳，就有血從傷口中湧出，強烈的絕望感侵襲著我，連大聲呼救的動力都沒有，在這片詭異的竹林裡根本不可能有人經過。

動物的腥臊味逐漸傳來，不久，我甚至能聽見鼻子抽氣的聲音。我決定放棄抵抗，不管是野狼或猞猁都無所謂，只要閉上眼睛乖乖躺在腐葉上，等牠們把我吃掉就好。

沒想到成為書商後只賣出一本書，生命就結束了，真遺憾。

還有好多書想看啊……我在心中呢喃著。

濕滑柔順的觸感撫過我的臉頰，同時聞到更加濃烈的腥臭味。

我睜開眼睛，看見兩隻小狗在我的面前，正準備舔第二次。

我撐起身子，小狗朝我搖尾巴，依那身材，肯定是剛出生沒多久的幼犬，也是在同一時刻，我發現那並不是兩隻小狗，而是一隻有兩顆頭的狗。

無論如何，靠那小小的身軀要把我一個人啃光果然還是太勉強了，我伸手拍拍其中一顆狗頭，覺得對另外一顆頭不太公平，又拍了另外一顆，狗尾巴搖得非常厲害。

可能是因為那些Y型竹的緣故，碰見有兩顆頭的狗我並不感到驚訝，反而覺得理所當然。

「小二子！」

我朝人聲的地方望去，那也是狗跑來的方向。穿著打扮猶如農婦的女孩正往我走來，另外一個女孩先發現我，立刻喊道：「有人！」

我突然想起很久以前讀過一篇小說。故事內容及結局已經被我忘了，只記得開頭描述主角在雜誌上發現昔日交往過的一對雙胞胎，雖然只看得到其中一人的後腦勺和另外一人的側面，卻還是一眼就認出她們，認出那是對雙胞胎。

雖然這片竹林裡沒有迪斯可舞廳，也不是咖啡館，我與少女們還是第一次見面，但我想她們肯定是雙胞胎沒錯。

一模一樣的外型、如出一轍的五官輪廓——除了雙眼開闔度有微小的差異之外，姊妹倆別無二致。

「你是誰？」眼睛較小的少女問道。單從聲音和身材判斷，我想她們應該不過十三、十四歲，和我差不多。

「我是書商。」我說：「我快餓死了，這附近有吃的嗎？」

少女們互看一眼，眼睛大的女孩說：「你可以先來我們家。」

少女告訴我她去摘點能止血的草藥和竹葉替我包紮，否則以我現在的狀態恐怕一步也走不了。

「就算你瘦成骨頭，小二子也揹不動你。」小眼睛的女孩說。看來小二子就是那隻雙頭犬的名字沒錯。

在等待少女歸來的這段時間，我就在原地跟小二子玩。不愧是小狗，果然活力旺盛，話雖如此，小二子也只有其中一顆頭表現得特別熱情，另外一顆頭總是一副愛理不理的樣子，是個情緒豐富的傢伙。

少女回來後，嘴裡一邊叨唸著「怎麼摔傷的？」、「這樣放著不管搞不好會死掉」一邊替我處理傷口，包紮完畢後，又替我撿了根枴杖。雖然無法跑動，但至少取回了行動能力。

「這裡是什麼地方？」

路上，我向少女問道，但兩人都說不清楚，打從她們出生起就沒走出竹林外。

雖然希望渺茫，但我還是追問道：「那這附近有城市或是村莊嗎？」

「沒有。」大眼睛的少女說：「只有我們住在這裡，小二子是上個月撿到的。」

那條狗像護衛一樣緊跟在少女身邊，牠睜著富有靈性的大眼睛，彷彿也在聽我們說話。

「不過妳們卻懂得語言呢。」

聽見我這麼說，小眼睛女孩立刻不悅地駁斥道：「別小看人了。」

大眼睛女孩則笑著向我解釋：「偶爾會有像你一樣迷路的旅人需要幫忙，照料他們的期間，我們也會跟對方學習說話。」

原來如此，難怪剛才少女包紮傷口的技術很嫻熟。這麼多年來，被竹筍絆倒的蠢蛋肯定不會只有我一個。我想就算客人離開，兩個女孩也能彼此練習對話，所以講起話來才能跟我們完全沒有隔閡。

覺得繼續在心底稱呼「大眼睛」「小眼睛」不太禮貌，我報上名字，順道詢問她們如何稱呼。

大眼睛女孩說：「我是雙，然後我妹妹叫做双。」

「妳們就不能取不同的名字嗎？」

「沒辦法啊。只有我們獨自生活，平常根本不會有稱呼彼此的機會。」

「只叫單名有點彆扭，我就叫妳們小雙和小双吧。」

擔任姊姊的小雙眨著雪亮的眼睛說：「聽起來好像有點太可愛了。」

「這樣的名字才符合妳們。」

小雙的臉上泛起微微紅暈。

在她們的帶領下，我來到一間用Y型竹搭建而成的房屋。牆壁是用竹子和竹葉綑綁而成，屋瓦則是以竹片取代。雖然和水泥廢墟相比看起來不太牢靠，但至少是個遮風避雨的地方，夏天時肯定很涼爽。我如此說服自己。

「你就在這裡好好休息吧。我和双去弄點筍子給你吃。」

小雙說完，走出屋子，我看到她站在門前好一陣子，似乎是在用竹葉綁住門，這裡沒有鎖頭，所以她才用葉片代替。真是謹慎的女孩。

可是環顧四周，除了用葉片編成的草席和破爛的農耕器具之外，方方正正的空間裡根本沒看到其他家具，再說這種人煙罕至的地方根本不會有盜賊，真的有必要替這間破爛小屋上鎖嗎？

回想剛才進門前，小雙好像沒有開鎖就把門推開了。

這麼說，她上鎖並不是為了防止陌生人侵入，而是避免裡面的我逃出來。

我知道有些盜賊會囚禁俘虜，好向其親屬勒索贖金，有些則是索性把人當作儲備糧食，但我身處的房間無疑是她們平時生活起居的地方，如果真的要關押我，應該選在更狹小的空間才是，再不然乾脆挖個洞，把我推進去也行。

我用書包當枕頭，翹著腳躺在蓆子上，看著我纏滿竹葉繃帶的小腿。如果那兩個女孩真的別有居心，大可放著我的傷口不管。

我戳了戳腿上的傷，血水立刻滲出葉片。搞不清楚少女們的目的，但煩惱也無濟於事，因為才走一小段路，我的腿就痛得厲害。那顆該死的竹筍，真該請小雙幫我把它挖來吃。

正當我這麼想時，姊妹倆就帶著幾顆筍子和一桶水回來了，我看著她解開門上的繩結，小雙笑咪咪地問道：「好一點了嗎？」

「還是很痛。」

「忍耐點吧，我幫你清洗傷口，等等就可以吃晚餐了。」

語畢，小雙替我解開繃帶，從桶中舀了水淋在我的傷口上，水順著我的小腿浸濕了整張草蓆。然而小雙卻絲毫不在意似的繼續替我清洗傷口，接著她從竹葉編成的包囊裡取出某種會流出透明液體的綠色植物，抹在我的小腿上。液體接觸到我的血液後形成一層薄膜，我按壓著傷口，血水不再流出。我問小雙這是什麼藥膏，她說她也不知道。

「不過，很有效喔，不但什麼傷口都能治好，還可以治病。」

這可能是我有記憶以來，第一次感受到被人照料的溫暖，讓我有點不好意思。當晚，我的胃口極佳，明明只是切塊的竹筍淋上果醬，搭配竹葉泡的鹽水湯，卻讓我覺得堪比人間美味。我認為這不僅僅是因為長期受飢餓所苦，也是因為這頓餐有人陪伴的緣故。

「喂，書商是做什麼的啊？」發問的是小双。她嘴裡還含著姊姊夾給她的竹筍。
「就是去世界各地找書，然後把書賣給別人的人。」我說：「知道書是什麼嗎？」
「聽過，但沒見過。」
我挪動屁股，從書包裡拿出《小氣財神》，其實我的包包裡也只剩下這本書了。
「這就是書。」我把《小氣財神》遞給小雙，小雙慎重地接過書本，並同樣謹慎地翻閱起來。
小雙翻沒兩頁，一旁的小双就發牢騷道：「完全看不懂嘛，難道沒有圖嗎？」
「如果是給兒童看的繪本就有很多圖，但我這本是狄更斯的原著，當然滿滿都是字了。」
「誰是狄更斯？」
感覺解釋了她們也聽不懂，我只好說：「已經死掉的人。」
我告訴姊妹倆，看不懂很正常。本來就沒多少人看得懂文字，會和書商做買賣的人更少之又少。
「聽起來書商也很辛苦呢……」
小雙同情地看著我，小双則是故意挖苦道：「所以你跑來這片竹林是打算賣書給誰啊？」
「我只是單純迷路了。」我說話時，小二子也湊到我身旁討竹筍吃，我扔了一塊特別大的給牠，希望牠能讓我好好吃飯。聽到狗嘴巴裡發出喀滋喀滋的聲音意外地有趣。
「再說，我手上這本書並不是什麼稀有貨，根本不值得我特地跑到這種深山裡。」
「既然不是什麼稀有貨，那送給我們也無所謂吧？」

妹妹一說完，姊姊可能是察覺我面有難色，立刻補上一句：「小双只是開玩笑，別放在心上。」

「不，沒關係。其實送妳們也無所謂。」

既然《資本論》只夠我換一塊泡水麵包，那有錢人家都讀過的《小氣財神》八成只能換一小杯米。姊妹倆剛才已經招待我豐盛的一餐，還替我治療傷口，那用《小氣財神》報答救命之恩還滿划算的。

「只是妳們拿這本書也沒有用，又看不懂。」

「笨蛋！看不懂所以你要教我們識字啊！」小双喝斥道。「反正你的腿一時也好不了，這段期間就好好待在這裡養傷，順便教我們讀書。」

雖然她的口氣很差，但說得很有道理。能被她們撿回家已經相當幸運，若尚未痊癒就貿然離開，一旦遇到真正的山賊或野獸必定難逃一死。

「我知道了，我會把我所知的一切盡可能地教給妳們。」

我將竹片裡的湯水一飲而盡，並把空蕩的食具遞給小雙。小雙露出滿意的笑容，又替我盛了一碗筍子湯。

那天晚上，我和少女們及小二子睡成川字型。仰頭依稀可見高掛於穹頂的群星，明知身體疲倦，還是因為一整天的遭遇而輾轉難眠。

聽到身旁傳來呼吸聲，我抱持著無聊的期待，輕聲喚道：「小雙（双）。」因為發音一樣，所以也不用擔心叫錯人。

「睡不著嗎？」兩個女孩聲線幾乎一模一樣，只能用語氣判別。回話的是小雙，小双應該已經睡著了。

「我想知道妳們為什麼會獨自住在竹林裡。以妳們的年紀，應該還待在爸媽身邊才對。」

「在我們小的時候，媽媽常常會來看我們，她常常偷偷帶食物給我們吃，也是她教會我們摘竹筍，還有用竹子蓋房子、製作工具。」

「後來呢？」

少女沉默了一會兒才說道：「不曉得，媽媽已經好多年沒來看過我們了。」

「妳們沒想過去找她嗎？」

「她說永遠不要離開這片竹林，外面很危險。」小雙問：「你呢？你看起來年紀和我們差不多，卻也一樣沒有跟爸媽待在一起呢。」

「我連我爸媽是長什麼樣子都不知道。」我說：「從我有記憶以來，能稱得上家人的人就只有師傅一個。」

為了避免小雙在心裡把師傅的形象美化，我特別補上一句：「但那個人非常小氣。」

到現在我都在懷疑師傅願意讓我蹭口飯的原因，是想要有人替他扛行李，畢竟這世界上多得是牛車開不進的荒郊野嶺。

意識到這是個讓人不快的話題，我轉而說道：「這裡的竹子長得很特別呢。」

「嗯。」小雙說：「所以就算是力氣不大的我們，只要順著竹子的分岔處砍下去，也能輕易地砍斷竹子。」

「像這樣一輩子都吃竹筍不會膩嗎？」

「我們沒有吃過其他食物，所以從來沒想過這個問題。」

「那等我傷好了，下次回來時就替妳們帶點好吃的東西吧。」

「這樣啊，謝謝你。」

不知為何，少女的聲音顯得朦朧，而我完全聽不出她的語氣中有分毫喜悅之情。

3

兩個女孩並沒有因為我的出現而影響生活步調，當我醒來時，枕邊已空無一人，連小二子都不知跑哪裡去了。

我拄著楊杖，一拐一拐地來到門前，發現這次門沒有被繩結綁起來。我聽見沙沙的樹葉摩娑聲，循著聲音來到小屋的後院，找到一小片果園。每株果樹都不過半個身體高，結實纍纍，長滿了狀似柳橙的橘色果子，只是比真正的柳橙又再小一號，是迷你版。

姊妹倆正在採摘這些果實，看見我，兩人用不同口氣同時喊道：「你醒啦。」

沒等我開口，小雙就摘下一顆果子遞給我。

「要嚐嚐看嗎？昨天淋在竹筍上的醬汁就是用這種水果做的。」

我咬了一口，感覺到近似腐敗的酸臭味在嘴裡綻放。

「真虧妳們能吃這種東西吃十幾年。」我說。

顯然昨天我真是餓過頭了，我想我一輩子都無法習慣這種味道獨特的水果。

少女們結束一天的勞動，在這之前，我就待在竹籬房裡靜靜等待她們回來。

我發現只要她們走進竹林中就會先回到房舍把門鎖好，而如果她們在附近採果子、磨製用具，則不會鎖上門。我知道那個繩結肯定是用來防範我逃走，可是在這邊生活的日子，除了伙食以外我完全找不到足以挑剔的地方。雖然姊妹倆的個性南轅北轍，但是跟她們相處在一起總是讓我感到很愉快，那是種介於家人與朋友之間的情感。

我在這樣的氛圍中養傷，度過好一段時日，腳上的傷早已開始癒合，雖然仍需要枴杖輔佐，但對比頭幾天的慘況，我的步伐已經逐漸變得平穩，不久後應該就能正常走路了。

而這段期間，我也沒有閒著。當少女們返家後，我就會拿出《小氣財神》教導她們認字。小雙很努力記下每個字的讀法，我常常半夜被她挖起來詢問某個字怎麼讀，而小双雖然常在上課時打瞌睡，卻有驚人的記憶力，教過一次的字幾乎不會忘記，結果姊妹倆的學習狀況也因此維持在同一個步調。

「搞不懂聖誕節是什麼。」小双說。

「是紀念某個聖人的生日。」我答道：「很多書裡都會提到這個節日，在十二月二十五號。」

「那是哪一天啊？」

「我怎麼知道，搞不好是明天。」

別說住在山裡的小雙和小双了，就算去問城裡的人今天是幾號，也沒人答得出來。

這個世界，早就沒有人在乎日期了。

「別人的生日也要慶祝啊，那乾脆把我跟姊姊的生日也訂在這天好了，這樣那天就有很多人幫我們過生日了。」小双的嘴角勾勒起笑容。

「這也是很久以前的事了。我沒有聽說現在還有誰在拜耶穌基督。」

現在大家都在拜別的神明，一位我從沒在書上讀過的奇怪神明。

「這也沒關係嘛，那乾脆就把明天訂為十二月二十五號好了，我們的生日。」

聽見妹妹這麼說，小雙也望向我嫣然一笑。

那時我心裡正盤算著，或許能替姊妹倆做點事。

隔天，我告訴小雙，希望能和她們去竹林裡砍竹子。我知道她們留我一人在家時會把門鎖起來，所以只要跟著她們一起行動，她們應該不會拒絕。果然，小雙一口答應，我拍了拍小二子的頭，牠看起來也很高興。

「只是你的腿不要緊嗎？」

「沒事的，這叫做復健。」

「復健？」

「就是讓康復的肌肉重新活動。」

我拄著枴杖，行走在林地間，跟不太上她們的腳步，直到小雙牽起我的手。原以為她是要協助我走快點，結果她只是配合著我的步伐，短短幾公尺的路我們走得好像幾公里一樣長，我感覺小双等得有點不耐煩，但整段路上我們三人一句話也沒說，而小雙始終不敢把臉朝向我這一側。

我挑選合適的竹子，可是看來看去每棵竹子都長得一樣，我和小雙借用石頭磨成的竹柄斧，朝竹子的分岔處用力劈下去。由於重心不穩，石頭嵌入竹子的部分不深，我吃力地拔起斧頭，再度劈下，姊妹倆在一旁看著，小雙一臉擔憂地詢問我需不需要幫忙。

「讓妳們幫忙就沒有意義了。」

我知道自己在逞強，但偶爾還是會想說些帥氣的台詞。

好不容易把竹子斬斷後，我把砍下來的竹子切成一片一片，夾在腋窩下，和少女們一同回家。

接著，我又向她們借了石刀，開始削磨竹片。

「你該不會是想幫我們修屋頂吧？」小双興致盎然地看著我笨拙的動作，覺得很有趣。她和姊姊不一樣，我越是表現出手腳不協調的樣子她就越開心，每次都喜歡擺出一張「真拿你沒辦法」的臉，並伸手要我把手上的工作交給她。

「快結束了，再一下下就好。」

那些竹片被我削得比屋瓦還要薄，我將它們一片片疊好，並用從背包裡找到的鐵絲在上面鑽洞。待每片竹簡都鑽好洞後，就用竹葉編好的繩線將它們串起來，如此便大功告成了。

「這就是在紙張發明前，書的形式。」

那是被稱為簡牘，記錄文字的用具。我的技術不佳、材料也不夠，製造出來的竹簡雖然粗劣，倒也勉強堪用。

我將竹簡交給小雙。

「以後妳可以把容易忘記的文字刻在上面，帶在身上，想到時就拿出來看一下，這樣很快就能記得了。」

「那我呢？」小双問：「你打算送我什麼？」

「不是有竹簡了嗎？」

「那是給姊姊的吧。我記性很好，又不需要那種東西。」

太狡猾了，我完全沒想到要同時準備兩份禮物。

我囁嚅地發不出聲音來，完全不知該如何回應小双。

「騙你的啦。」小双說：「你這傢伙，已經教我認會很多字了。與其想著要準備什麼禮物，不如多教我一些字比較實在。」

「……真的這樣就好了嗎？」

小双瞥了一眼姊姊，此時小雙正滿足地將粗糙的竹簡抱在懷裡。

小双露齒而笑道：「這樣就好。」

當天晚上，我發現身旁的小雙抱著竹簡睡覺，真想告訴她書不是這樣讀的。

少女們訂立的十二月二十六號，也就是隔天，我再次前往竹林深處。

這次，兩個女孩沒有跟來了。當我表示想去砍點竹子時，她們只是用不同的語氣叫我注意安全，結果只有小二子與我同行。

「小二子，你的爸媽跑去哪裡了呢？」我向身邊的狗問道，當然得不到回應。感覺這小傢伙的個子一天比一天還要高大，也可能是因為我已經在竹林裡生活太久，久到足以讓這隻小狗擺脫幼犬的姿態了。

小二子搖了搖尾巴，不論我說什麼，牠都會如此回應，表示牠有在聽我說話。

我停在某棵竹子前，揮下斧頭。

我記得，以前曾看書上介紹過，竹片能做成很多種不同的玩具，我憑藉已經淡薄的記憶，試著模仿書裡的內容，想做一個一模一樣的成品。原以為不會花費多少功夫，但不論我怎麼嘗試，做好的玩具總是長得歪七扭八的，就和我送給小雙的竹簡一樣，品質非常低劣。

轉眼間，太陽下山了，出於無奈，我只好帶上其中一個勉強過關的作品。到家時，發現姊妹倆就在門口等我，兩人都顯得很著急，詢問我到底跑去哪裡了。

「這是竹蜻蜓，我做的。」

我把竹蜻蜓交給小双，小雙替妹妹接過竹蜻蜓，問道：「什麼是竹蜻蜓？」

「妳雙手夾住竹桿，用力搓一搓，放手後它就會自己飛起來。」

小雙照著我的話做，結果一鬆手竹蜻蜓就立刻墜地，連續試了幾次，結果都一樣悲慘。

「我盡力了。」

「沒關係，這東西一看就知道不可能飛得起來。」小双呵呵地笑出聲，即使如此，她還是緊盯著握在手裡的竹蜻蜓，好像稍有分神，竹蜻蜓就會消失似的緊緊盯著。

夜深人靜時，尚未入睡的我察覺到有動靜，睜開眼睛發現身旁空無一人，只聽得見小二子的鼾聲。我輕輕推開竹籬門，靜謐的林中，月光灑落在少女的身上，我看不見她的臉，不時聽見如蛙鳴般的聲音。正當我猶豫是否該出聲時，她先注意到我了。

「小雙（双）——」

「噓……」少女將食指搭上唇瓣。「別吵醒姊姊。」

「她睡著了？」

小双點點頭，另一隻手正拿著我送她的竹蜻蜓。

「我想多試幾次，應該就飛得起來了。」

我坐在竹籐編成的矮凳上，看著竹蜻蜓一次次起飛又一次次墜地。已經數不清失敗多少次了，但小双好像永遠玩不膩似的，拚命想讓竹蜻蜓飛起來。

直到一陣夜風颳過，竹蜻蜓乘風而行，最後消失在漫天星斗下。我和小双並肩坐在藤椅上，仰望竹蜻蜓消失的方向，此時的時間彷彿流逝得特別緩慢。

「你都不會好奇姊姊為什麼要替門上鎖嗎？」

小双唐突地提起過去一直縈繞於我心房的問題，即使我早已不介意了，還是順勢反問：「為什麼？」

「當然是為了避免你逃走。過去很多旅人一見到我們就想逃跑，也不管身上的傷了，那些人最後都沒能走出這片竹林，我和姊姊已經看過太多類似的例子，不希望你也碰上一樣的事。」

「為什麼要逃跑？」

小双沒有回答，而是把頭輕輕靠在我的肩上。

直到確定她睡著，我才把她抱回屋裡的草蓆上，並在她身旁躺下。總是口氣尖銳的妹妹，偶爾也會露出像姊姊一般溫暖的微笑。

為了復健，我開始頻繁地參與勞務。雖然我的體格一點都不健壯，但至少還算是個男人，不適合兩姊妹的粗活都能交給我來辦。我越來越熟練於劈斬竹子，也學會利用那些果子醃製竹筍，小二子好像對我很有好感，總是喜歡跟著我在竹林裡跑來跑去。

我把竹葉揉成一顆小球，和小二子玩傳接球，小二子咬到球後總是不會把球帶回來，而是會留在原地，等我拖著腳一拐一拐地走過去。

有一次腿上的繃帶被冒出頭的竹筍劃破，我才發現自己的腳傷早就痊癒了，小腿那塊曾被筍子鑿出一個洞的地方，如今已平整得幾乎看不見傷疤。

「我看你心底是不打算離開了，才會遲遲走不好路。」我給姊妹倆看我已復原的傷口，小双如此說道。

「可是，書商的工作要到處旅行吧？沒辦法繼續留在這裡陪我們。」小雙說。

「其實也不是不行。」我忍不住把心中一閃而過的念頭脫口說出。

小雙聽了，先是表露驚訝，隨後捂著嘴巴輕輕地笑出聲，她的眼角瞇得如一抹新月。

是要繼續書商的工作呢，還是索性在這裡與姊妹倆共度餘生？我思量許久，依然拿不定主意。

遊歷各地、尋找失落的典籍是我的夢想，我的人生，除了讀書以外沒有其他樂趣，在遇到這對姊妹前，我一直是這麼認為的，但這段日子，我逐漸理解到安逸過生活也是種幸福，更重要的是有人時常伴隨左右，一種過去未曾有過的情感正在我心裡萌芽。

我躺在草蓆上，思考著這些事，小雙將我的手緊緊擁在懷中。微微隆起的胸部下，我能感受到她的心跳。

我的書包裡只剩下一本快被翻爛的《小氣財神》，重新踏上旅途後，我將回到一無所有的生活，可是繼續待在這裡，有遮風避雨的地方，衣食也無須堪憂，甚至有能結髮為妻的對象。一想到這裡，我便覺得我無法拋下身旁的女孩就此離去，我挪動身子，讓自己與她靠得更近些，讓她能抱著我的手臂抱得更緊一些。

我習慣了後院那些樹果的味道，也習慣和小二子在林間漫步，這間時常漏雨的竹籬笆房，早已瀰漫著我所熟悉的氣味。

「小雙（双）。」

少女聽見我喊她的名字，立刻問道：「怎麼了？」

那晚外頭的蟲鳴特別響亮、特別刺耳，讓我一時分辨不出回話的是姊姊還是妹妹。

「我想留在這裡和妳們一起生活。」

「是嗎？」

「嗯。」我說：「當書商太辛苦了，待在這邊比較快樂。」

「三個人一起？」

「三個人一起。」

「可是，」我聽見枕邊人換了口氣。「你應該比較喜歡姊姊吧？」

原來陪我說話的是小双。

「不，我喜歡的是小雙（双）。」

對我而言，不論是喜歡姊姊小雙或妹妹小双都是一樣的，我同樣喜歡著她們，不帶任何偏頗與偏見，在我眼中，她們就是形影不離的姊妹。

突然，我感受到唇間傳來輕柔的觸感，是小双吧，儘管我其實分辨不出來，但小雙應該已經睡著了。我覺得自己彷彿做了一場夢，吸入了濕黏的空氣，感覺到殘有餘溫的點滴雨水落到我的頰上，睜開眼依然是一片黑暗，什麼也看不清楚，以致於認不清現實與夢境的分野。

我什麼都沒說，也什麼都沒做，連小双是否仍依偎在我的身邊都不確定，我告訴自己，此刻洋溢在心中的幸福只是場夢，為了避免夢境結束後一切會如泡沫般消失，最好不要讓自己有醒來的機會。

「我也喜歡你。」

那是我最後一次聽見小双的聲音。

4

隔天早上，小雙告訴我，妹妹死了。

小双動也不動，頭無力地垂在姊姊身上。起初我不願相信，直到將手伸向小双的脖頸處時，才被迫接受她已斷氣的事實。

「為什麼會發生這種事呢？」

小雙把臉貼在我的胸膛前不停哭泣，淚水沾濕了我的衣服，我想起第一天時，我也因為清洗傷口而弄濕了她們的草蓆。小二子彷彿明白發生了什麼事，不停發出哀鳴。

我不知道該如何安慰小雙，而死去的小双就在我們身旁，我看著小双的遺體，發現她的脖子上留有許多勒痕，像人類的指頭，當下我便明白，小双是被掐死的。

昨晚小雙睡得很沉，我想小双就是趁那時候掐死自己的。我不知道人要抱持著多大的決心才能扼斷自己的喉嚨，但事情已經發生，如今說什麼都沒有意義了。

「我不懂小双為什麼要自殺。」小雙哭訴道。

我想起昨晚的對話以及後來發生的事，決定閉口不言。

接下來幾天，小雙都無心勞務，整天將自己與妹妹的遺體關在小屋裡。我將料理過的竹筍遞到她面前，但她一口也沒吃，在精神與體力的削磨下，她變得十分消瘦。

由於無法處理小双的遺體，晚上我們就伴屍而眠，那段時間反而能讓我低落的心情稍微舒緩。因為死去的小双就像睡著了一樣，即便她再也不會睜開眼睛了，但至少就寢的那段時間她與我們沒什麼不同，小双依然在夢鄉裡活著。

不過，這樣的理想並沒有持續多久，因為小双的遺體在第三天就開始腐敗，散發出難聞的氣味。我和小雙都不願提起這件事，兩人都在忍耐小双的屍臭，就這樣又過了兩天。

直到我睡覺時，感覺到臉上有東西在爬行，伸手一摸才發現是米粒大小的蛆蟲。我升起火光，才發現小雙身上早就爬滿了蛆，蛆蟲從小双的頭顱一路蠕行到小雙的身上，而她一直都在忍耐著。

我替小雙把身上的蛆蟲拍掉，但蛆不停從小双的屍首湧出，迫不得已，我只好走去屋外打水，替小雙淨身，她像人偶一樣四肢無力地任我擺布，而我只聽見綿綿不絕的哭聲。

「這樣下去不行，要想辦法安葬小双。」

「那是不可能的。」小雙哭著說。

我心底明白，小雙說得沒錯，不可能有辦法讓小双入土為安。

但我也深知繼續與小双的遺體生活，早晚我們都會染病而死。

我的顧慮並沒有錯，小雙的健康每況愈下。雖然和她鮮少進食有關，但主要還是因為小双的緣故。

小双的皮膚與肌肉從臉上剝落，過去那姣好的面容已不復見，而小雙的身上也開始出現大大小小的紫色斑點。我曾在書上看過類似的症狀，這種斑點只有在死人身上才會出現。

小雙虛弱地躺在草蓆上，不停喘氣，我把手掌貼上她的額頭，發現小雙的體溫高得嚇人。為了避免蛆蟲啃食她的臉，我用書包替她把小双的頭罩起來，然而依然有蟲子會從縫隙間鑽過。

我把那隻在她鎖骨上扭動的蛆彈掉，並說：「那時我受傷，妳用來替我治療的草藥在哪裡？」她緩緩地舉起手，朝我指了某個方向。「以前，我們的媽媽……都是從那裡過來的。」

我帶著小二子，往小雙指示的方向前行。我不知道草藥長什麼樣子，但小雙告訴我，小二子分辨得出來，我決定跟隨狗鼻子尋找植株。

然而，走了好長一段路，小二子都沒有停下腳步，我深怕自己錯過草藥，也張大眼睛盯著地面，但整片竹林就只遍布著那些Y型竹。

直到刺眼的陽光照進眼簾，我才發現自己走出竹林了。眼前，是一片寬闊的谷地，不遠處有舊時代廢墟形成的聚落，一群婦女正在長滿綠藻的池塘邊洗滌衣物。

「喂！有沒有人能幫忙？有個女孩子病得很重。」

那群女人聽聞，紛紛放下手邊的工作詢問我發生什麼事，只不過當我指向竹林的方向時，所有人又頓時沉默不語。

「那孩子竟然還活著？」

我聽見有人呢喃道，便追問：「妳們認識她嗎？」

「不……」

我想起小雙告訴我她們母親的事，而在場婦女的年齡又正好符合應有的年紀。

「該不會，妳們之中有人是那對姊妹的母親吧？」

我掃視了一遍所有人，卻沒有人願意承認，她們紛紛找藉口離開，也不管那些扔在湖邊的衣服了。我看見她們慌張地跑回房子裡，鎖上門並透過窗戶窺視著我，對於我——抑或是少女的恐懼感幾乎溢發於每扇門戶之外。

我絕望地敲著每一家的房門，卻只換來難聽的謾罵，要我滾出他們的聚落。

我沿著原路折返回竹林，路途上我不禁懷疑，小雙告訴我的這條路真的有草藥嗎？過去那些迷失於竹林裡的人都再也走不出去，那小雙向我透露這條路徑，會不會只是希望我能平安離開？

不安的種子在我心中萌芽、茁壯，最後也讓我留下潺潺淚水。

我回到竹子小屋，看見少女與她已腐化的妹妹躺在草蓆上。

她的脖子上出現一道無法忽視的裂口，血液已經乾涸，手邊遺留著一把石製的刨刀，另一手則放在胸前，底下壓著我送給她的竹簡。

我在屋外挖了一個墓穴，將姊妹倆的遺體安放在洞中。我沒能找到適合的陪葬品，只能把那本答應要給她們的書一同封存在泥土之下。

我帶著小二子，頭也不回地離開昔日與她們共同生活的小屋。小二子用毛絨的身體摩蹭我的大腿，我想告訴牠我很好，一切都不要緊，喉嚨卻怎麼也發不出聲音。

直到走出竹林，看見聚落，我才回頭。那些遍布森林的Y型竹到底是共享一具身體的呢？還是從一個身體分裂成兩端的？我想我永遠不會知道答案，可能這輩子再也不會見到這樣的竹子了。

我輕輕拍著小二子的頭。沒等我開口，小二子的兩顆頭顱就「汪」了一聲。

今後，跟著我一起旅行吧。

當時我心底是想這麼說的，只是終究沒能說出口。

5

數年過去，小二子已經從一隻可以捧在掌心玩的幼犬長成壯碩無比的巨犬了，即使牠的伙食費高得驚人，卻是旅行書商最忠實的夥伴。

紫虛聽完我的故事，問道：「你真的是這麼認為的嗎？」

「什麼意思？」

「小双（雙）自殺的事。」

「只有這個可能。竹林裡沒有其他人，而那把刀又落在她身邊。」

「我不是說姊姊。」紫虛深深地嘆息道：「說來，一切就是因為你幫兩人取了一模一樣的名字吧？如果有好好區別兩人，或許就不會發生這種事了。」

「我聽不懂。」

「擔任妹妹的小双，在姊姊醒著的時候是沒辦法控制身體的對吧？」

「是這樣沒錯。」

所以在小双過身的前一晚，吻了我的那個人……應該就是她沒錯。

——你應該比較喜歡姊姊吧？

當時她是這麼問我的。

「你還記得你回了什麼嗎？」

「我喜歡的是小雙（双）。」我說。

「如果那時候姊姊剛好醒了會怎麼樣？」

會怎麼樣？那可能會誤以為我喜歡的人是妹妹。

但這樣假設沒意義，因為我原本的意思就是「我同時喜歡著她們」。喜歡姊姊，必然會喜歡妹妹，而喜歡妹妹，就一定能喜歡姊姊。

「那兩個人本來就是密不可分的……」

「只不過，她們恐怕不這麼想。」

還是說……那天晚上問我問題的人其實是小雙？畢竟我沒辦法分別姊妹倆的聲音，如果小雙想扮成她妹妹，只要稍微改變語氣，很容易就辦得到。

她想知道我對她的想法，所以才會問我那個問題。

然後我告訴她……

我卻告訴她——

「反正都過去了。」

紫虛從貨台上爬到我的身邊，她手裡抱著一本書，因為路程顛頗，導致她遲遲沒能翻完。我瞥了一眼，書名是《Those Extraordinary Twins》，我看不懂英文，所以這本書肯定又是我一時興起，夾帶上車的。

「妳自從上次去老師家後就很常看英文書呢。」

「嗯，畢竟我也想知道最後的結局。」

看來她想在漫長的旅途中學好英文。

狗車緩緩地在破敗的道路上前行，生鏽的鐵桿筆直地插在路旁，那裡有座被綠色採光罩包裹的小涼亭，上面貼有幾張紙，標示著數字與路線，告訴來往的旅人它曾是座公車站。轉眼間，它被我們拋在腦後，只因為狗車緩緩地在破敗的道路上繼續前行。

「如果有機會的話，我也想看看你提到的那種竹子，感覺很特別。」紫虛問：「你還記得那片竹林在哪裡嗎？」
「不記得了。」我說。
「真可惜。」
她略顯遺憾地攤開鼓脹的書本，沒有再多說。
書裡夾著一片竹簡，上面刻著密密麻麻的字，因歲月磨損，已看不出原本的字型。如今被她用來當作書籤，夾在每一本早晚都得與之訣別的書裡。

※關於《那對特別的雙胞胎》：
馬克．吐溫替十九世紀的一對連體雙胞胎所撰寫的小說。該角色首次見於一八九四年出版的小說《Pudd'nhead Wilson》中，並在之後成為《Those Extraordinary Twins》故事中的主角。

〈時間機器〉（原著：H．G．威爾斯）

1

雖然很不喜歡被和拾荒者相提並論，但書商的確是門靠運氣吃飯的行業。在過去，書本遍布世界各地，幾乎每戶人家家裡都一定有存放典籍，然而紙張不易保存，舊時代的浩劫過去，百分之九十九點九的書本都隨著地球上的生命化為灰燼，現在光是要從廢墟裡翻出一本完整的書就是一件很不容易的事，更別說還得跟那些不懂書市的拾荒者競爭。

我曾聽同行說過，有拾荒者把《革命前夕的摩托車日記》拿來當燃料燒，甚至用來擦屁股，完全沒想到切．格瓦拉的書能夠讓他們至少三個月不愁吃穿。每次聽聞類似的故事，總是讓人想把那些白痴的脖子扭斷。

存活於世，那百分之一不到的人類後代中，又有百分之九十九的人不懂書的價值。

所以為了避免同行異業競爭，我和許多書商一樣，會跑去偏遠的山區或海岸，搜尋那些鮮少被人入侵過的廢墟，期望能找到完好如初的書本，而我的這個習慣，每每都招來同行旅伴的非議。

「如果可以，我想一直待在狗車上看書就好。」

日正當中，沿著被雜草與樹根切得四分五裂的柏油路走，經過幾棟只剩瓦礫堆的房屋殘骸，感受不到一丁點人的氣息。我讓小二子停在某棟三層樓的別墅廢墟陰影處，聽見後頭傳來紫虛的抱怨聲。

「要是妳只想看書，當初就該留在圖書館，不要跟我出來旅行。」

「我得找到我的父母親，而且圖書館的書都看完了。」

比起父母親的下落，我一直覺得後者才是她外出的真正原因。

我跳下狗車，將栓繩套在路旁歪七扭八的消防栓上，一邊說道：「我看那些大文豪的傳記，很少人會把自己悶在家裡成天寫書，他們大多會到處遊山玩水，在遊歷的過程中靈感也會隨之浮現。偶爾妳也該放下手裡的書，看看沿路的風景，說不定會有意想不到的收穫。」

有時我會看到紫虛坐在書桌前練習寫作，所以我故意舉海明威當例子刺激她。據說當時世界各地的酒館都有這個人的足跡，而他遺留下來的作品也真的被我們歸類在「數量很多所以不稀有，但一定賣得出去」的類型。

「那是因為他們都生在沒多少書可看的時代。」

「我們還不是一樣。」說完，我想了想，這傢伙從小住在地下書庫，根本不能拿她當參考資料，又補上一句：「妳例外。」

只不過，剛才那番說詞連我都覺得可笑。

現今絕大多數的土地都呈現一片荒蕪，那些茂密成蔭的綠林裡也多半長滿變異的植物，我只能透過前人留下的著作在心中勾勒往昔的風貌，那想必是與現在環境截然不同的光景。

「如果妳真的打算寫書，以前人的故事實在沒什麼參考價值，畢竟一切已經完全不一樣了。」

「這倒是無所謂。」她不以為然地說著。「過去的世界再怎麼好，都不可能回得去了。」

「如果回得去呢？」

「這種假設根本沒意義。就算我們真的回去好了，肯定也什麼都改變不了。」

「真是沒夢想的傢伙。」

舊時代的浩劫奪去大多數人的性命，可是至今仍沒有人知道導致文明毀滅的真正原因。

我一推開那扇破敗的門，內部封塵已久的空氣立刻讓我嗆了一鼻子灰。

「因為我還在尋找夢想的道路上。」紫虛理直氣壯地說。雖然一臉不甘願，看起來她還是決定跟著我一起踏入廢墟。

這麼說來，旅行至今，我還沒仔細讀過她的稿子。因為每當我一接近，她便會慌張地把紙張收到懷裡。有過幾次經驗後，我決定不再打擾她寫作，可是這樣下去，最後交出去的成品真的會是一篇完整的故事嗎？到現在我還是對她抱持半信半疑的態度，畢竟她只是個住在圖書館中的少女，和她會不會寫書一點關係也沒有。

這是個無人會寫書的時代。遇見她之前，我對此深信不疑。

那棟別墅的外觀比裡面的狀況好上不少，內部的家具大多都損壞，還有拾荒者居住過的痕跡。即使如此，我們仍走進每個房間翻箱倒櫃，試圖找出藏在裡頭的書。

「任何書都可以嗎？」正當我在考慮該不該挪動某座床頭櫃時，聽見紫虛的聲音。

「只要是書都好，不過妳可不要撿到有缺頁的啊，瑕疵品不會有人願意收。」

「這種事情我當然知道。」

快速的翻書聲傳來，我回頭，發現她手上正捧著一本厚厚的書。

「在哪裡撿到的？」

「床底下。」她說：「看起來狀況還不錯。」

讓我意外的是，她並沒有霸占著那本書不放，而是很乾脆地把書交給我。不然以往撿到新書她都會搶先讀完，以防我出於善意而洩漏劇情。

我低下頭，手指拂去封面的灰塵。那本書名是《公職考試二〇一九試題大補帖【電磁學】》。

我好像理解紫虛把它扔給我的原因了。

「這種東西看再久都看不懂。」她說。

「放尊重點，任何書都是前人的智慧結晶。」

偶爾會撿到這類型的書，表面上看起來好像在教授知識，但給予的資訊卻很瑣碎，讓人不知該如何應用，因此跟真正的工具書相比，價格有天壤之別。然而，書畢竟還是書，我仍然把它收到側背包裡，同時心想著這種東西到底能賣給誰。

不，如果說要賣給誰的話，倒不是沒有人選……這世界上最不缺的就是死人和神經病。

我們又在這棟廢墟裡逗留了一會兒，紫虛隨後在書房裡找到更多類型相似的書，無奈大部分的書都已經破損，無法辨識上面的內容。到頭來唯一的收穫還是只有我書包裡的那本《電磁學》。

我們走下樓梯時，紫虛一連咳了好幾聲，小規模的搜索行動讓室內揚起了一片灰。

「灰塵太厚了，真想要一副防毒面具。」

「妳只是體力太差而已，妳真正需要的是運動，大量的運動。」

「那會死的。」

「整天賴在車斗上才會死。書上說過，人只要超過二十五歲，過去所有不良的生活習慣都會在那個階段反饋到身體上。」

「反正還有很多年，再說我也沒打算活那麼久。」

「既然妳還有很多書沒讀完，就最好不要那麼早死。世界上還有很多美好的事物等妳去探索。」

我其實也不知道人活那麼久要幹嘛，可是我們之中，總有一個人必須擔當滑稽的喜劇角色，所以我只好說些沒營養的話，鼓勵她未來人生還很漫長，有很多時間可以放任它漸漸化膿生蛆，最後爛在土裡面。

「可是你想想看，不管我再怎麼勤勞鍛鍊身體，很有可能明天我們就會在路上被強盜殺害，這樣我之前的努力不都白費了嗎？」

「照妳這套理論，做什麼事情都沒有意義。」

「看書可不會。」紫虛眨眨眼睛。「閱讀的當下思路會變得清晰，時間也會過得特別慢，更重要的是很快樂，我追求的是那份愉悅，這樣就夠了，事後怎樣都無所謂，從來不在我的考慮範圍之內。」

「妳這句話就像是剛抽完大麻的人會說的。」

我們步出別墅，不巧，正好看見一個可疑人物站在狗車前，小二子的兩顆頭湊近那個人身邊聞來聞去。我下意識伸手擋住紫虛，當她問起發生什麼事時，我簡短告訴她：「有神經病。」

我想不出更好的方式描述她了，因為在這片荒郊野嶺穿著那種衣服的人肯定是神經病，就算小二子對她搖尾巴也一樣。那隻狗見到每個人都會搖尾巴。

「啊，看到小二子就知道你一定在附近。」

那個人注意到我和紫虛便朝我們的方向走來。和我年紀差不多，留著尋常可見的中短髮（像紫虛一樣的長髮反而很稀有，畢竟蝨子自古以來就是惱人的害蟲，我已經在她頭上抓過幾十隻了），並穿著不尋常且罕見的巫女服。那是舊時代神職人員的服裝，我不知道她到底是從哪裡弄來的，但我很肯定類似的衣服她家裡肯定還有好幾套。

少女走到我們面前，向我們行了合十禮。「萬機神保佑，又讓我們有機會聚首。」

紫虛一臉莫名其妙地瞪著我，我只能聳聳肩，佯裝什麼都不知道。

想當然耳，我的確認識這位巫女。她的名字是清水，這是她的法名，現在在一個名為「幸福科技教」的教團服務，似乎是擔任類似巫女的某種職位。

之所以與她相識，是因為她聽人介紹，得知我手上有一本名為《時間機器》的書，十分感興趣。

「我是正在化緣的修女，如果你願意將這本書奉納給教團，萬機神將會赦免你所有的罪孽。」

當時我人在旅館，打開房門時卻看到面前有一個穿著修女服的人，而這名修女還要我把辛苦挖到的書贈送給她，好讓她能奉獻給一位聽起來就像是從科幻小說裡抄來的神明。

「什麼罪孽？」

就算我對修女的話一知半解，也明白不會是什麼好事，沒想到正打算關上門時，門板卻被她一腳踹開，緊接著，她就從袖口抽出一根壯碩的鐵撬往我頭上揮下去。

我感到頭暈目眩，但商人的靈魂要我守護好自己的貨物，於是我死命抓著裝有《時間機器》的書包，任憑鐵撬如雨點般砸在我頭上，直到修女放棄，收起鐵撬，打算直接搶走我的書。一陣拉扯，那本《時間機器》最後飛出窗外，沉入旅店外的沼澤裡。自此，被打得滿頭包的我正式開啟了與幸福科技教的孽緣。

我完全搞不懂這個宗教是何時興起的，我只知道近年來有越來越多腦子不正常的人類投身於這個教團。他們崇拜以前人類的繁榮與昌盛，認為這一切都得歸功於科技的高度發展，聲稱「科技始終來自於人性，而要找回失去的人性唯有透過科技的力量」。

於是，這群人便致力於蒐集各種科技產品及文獻，試圖修復並重新使用這些器材或設備。

到目前為止聽起來都很正常，只不過自從現任教主開始帶領信眾崇拜一個叫萬機神的東西後，幸福科技教就變成會膜拜破銅爛鐵的怪怪團體了。和普通的拾荒者不同，他們會把自己認為有用的機械產品帶回家膜拜，由於大部分的人都沒有舊時代的工程技術及相關知識，所以很多人相信只要拜久了機器就會自己動起來。

教團的教義是「只有科技才能讓人類找回過往的榮耀」。

而教團成員平時最大的樂趣就是向彼此炫耀撿到的垃圾，還有用齒輪玩尪仔標。

「哎呀。」清水傾身，脖子上掛著一片電路板還有其他我叫不出名字的機械零件，金屬碰撞，發出清脆響亮的聲音。

「有無法識別的新面孔呢。」她看著紫虛說。「這位是你新買來的奴隸嗎？」

「我以前沒有買過奴隸，而且妳應該說些更符合神職人員身分的話。」

「你花多少錢買的啊？長得不太像活人，很可愛呢。」

我不想再跟她爭辯了。用三言兩語向她介紹紫虛後，她朝紫虛伸出沾著機油的手道：「很高興認識妳。」

紫虛正猶豫著是否該握住那隻手。我很想提醒她感恩惜福，因為這世上有人和她初次見面就被撬棍賞了一頓粗飽。

「別擔心，這只是普通的聖水，對妳的身體沒有危害。」說完她便逕自握住了紫虛的手。紫虛發出嗚咽聲，想把機油抹在我身上，但那股黏膩感絕不是這麼輕易就能擺脫的。

「沒想到會再遇見妳，我以為不會有人想到這種地方撿破爛。」我說。

「我認為這是某種量子纏結。」

「妳其實根本不知道這個詞的意思對吧？」

清水無視了我的質問，自顧自地說道：「教團派我來這附近尋找遺失的古老科技。」

「那妳找到了嗎？」

「沒有啊，所以我還在這裡。」

真是段愚蠢的對話。只要每次跟她待在一起，就會讓我覺得智商越來越低。

「什麼是遺失的古老科技？」紫虛插嘴道。

「簡單來說就是這個。」清水捻起胸前的電路板項鍊，得意洋洋地說：「以前人就是靠這些神奇的物品過著繁華的生活。」

「具體上該如何使用呢？」

「像這樣戴在身上，感受萬機神的賜福。」

「然後呢？」

「沒有然後，就這樣。」

「喔。」

我不知道紫虛到底聽懂了幾成。因為我們是有讀過書的人，所以我很想告訴她那玩意兒就是佛珠或是十字架一類的東西，但在虔誠的信徒面前提起異端宗教似乎是個不禮貌的行為，即使她是個會把道服、素衣當便服穿的巫女兼修女也一樣，我很明顯缺乏被討厭的勇氣。

「不過，」清水說：「我們也不是任何東西都會撿回去的，這種事情很講究緣分。像是萬機神安排我今日與你們見面，就代表你們身上一定有神明感興趣的東西。」

「我不跟沒錢的人做生意。」

一想到那次不愉快的經驗，我就不願再跟這個巫女以及她了不起的萬機神扯上關係。

「你誤會了，那時候我只是想讓你的財產能以更好的形式重新分配。」

「太遲了，我早就把《資本論》賣掉了。」

說完，我繞過清水準備邁步離開，結果巫女卻從她的胸口抽出鐵撬，一把勾住我的側揹書包。

一切發生得太突然，我完全不知道發生了什麼事，或許這位巫女前世擁有麻省理工博士學位，才能如此熟練地運用這項高技術含量的工具。

書包裡的《電磁學》掉了出來，我們三人圍著那本《電磁學》，一時之間沒有人願意打破沉默。

直到我看見笑容逐漸在清水的臉上綻放。

「讚美萬機神。」

2

我們三人，乘著小二子的車離開廢墟堆。

雖然穿著行動不便的長裙，但我們沒有一個人的速度快過清水，當時她立刻撿起《電磁學》，視如珍寶地擁在懷中，到現在，《電磁學》依然在她手上。

「有時候，你要懂得放下。」

「死命抱著那本書的人是妳耶。」

我們走了一段路，遲遲不見聚落的影子，眼見太陽即將下山，我忍不住問道：「前面真的有村莊嗎？」

「有的。我今天就是從那裡過來，雖然治安不太好，但還算是個適合居住的地方。」

「會計較治安，就代表那裡的人過得還不錯。」

我身上正好有幾本書能賣，如果村裡住著識字的人再好不過，他們肯定會對我帶來的書很感興趣。

「勸你不要抱希望，那座村子裡的人都是些笨蛋。」清水說。
「妳怎麼知道？」
「我在那裡傳教，遭遇了一點小小的挫折。」
「我懂了。」
「所以，建議你還是把這本書轉讓給我，反正你不可能找到人願意收購。」
清水說著，坐到我身旁，再次將手伸進胸口，從中取出一大一小的機械裝置。我不認為她的衣服裡塞得下這麼多東西，但我試著不去思考這個問題。
「有過上次慘痛的教訓，我算是認清你這個人了。這次打算用骯髒成年人的方式與你做交易。」
「所以妳終於發現拿鐵撬打別人的頭是不對的。」
「這個。」她把裝置遞給我。
我放下狗鞍繩，小二子仍沒有停下腳步繼續走著，這樣看來其實我根本沒有駕車的必要，小二子不但認得路，還很有自覺。一加一大於二，說不定牠的腦筋比我身旁的巫女要好。
「這是什麼？」
我仔細端詳著手中的裝置。兩個長方形的金屬盒子，讓我想起舊時代的糖果盒，永遠不會拿來裝普通糖果的糖果盒，不過鐵盒子密封得很好，看起來沒辦法輕易打開。
兩件裝置唯一的共通點，就是上面都鑲著一個小螢幕。

大的螢幕上寫著數字三四一三五四，下一秒變成三四一三五三，看來數字會隨著時間流逝遞減。

而小的則不知是不是故障了，數字一直卡在一七四六，直到我晃了晃才又跳到一七四七，本以為修好了，但當我一放下它又停滯不前，非要再次晃動數字才會增加。

「這是我碰到你們之前在路上撿的。如果你願意把《電磁學》讓給我，我就送你這個小鐵盒。」

「小的不是故障了嗎？」

「就是因為故障才能送你啊。」清水順了順鬢角，接著說：「其實兩個原本都是壞的，但我唸完經文，再加上鐵撬君提供的一點小小協助，大的數字就開始動了，所以我打算自己拿回家供奉。」

「可是我完全不知道這東西要拿來幹嘛。」

就算是計時器也不可能手動操作，故障的時鐘就只是單純的垃圾而已。

再說，螢幕上的數字看起來最多只到四位數，意思是當數字達到九九九九就無法再累積了。

「搞不好等到九九九九後會有什麼好事發生呢。」清水愉快地說。

紫虛見我拿著那塊廢鐵呆愣了好一陣子，也爬到駕駛座來。三個人擠在狹小的駕駛座上，明明是涼爽的天氣，卻覺得莫名燥熱。

「例如什麼樣的好事？」紫虛問。

「不知道。以前人做了很多奇怪的東西，到現在都不知道要如何使用的例子多得是，但我很肯定一定會有好事發生，萬機神不會騙人。」

紫虛好奇地把玩金屬盒，她好像很想讓螢幕上顯示的數字增加，但試了幾種不同的方法，數字都沒有變化，最後發現還是用力搖晃最有效。

「如何？要是喜歡的話可以給妳喔，只要用《電磁學》交換就好。」

「唔……」

紫虛側過頭望著我，像是在徵求我的同意。

「妳不會真的是想要這塊垃圾吧？」

「什麼垃圾！你不尊重機器，機器生氣了！」話音一落，我的頭再次被鐵撬問候。

迫不得已，我只好改口道：「既然那本書是妳找到的，妳自己決定吧。」

反正賣掉也換不了幾文錢，在這之前還會占據貨架空間、增加重量，很對不起拉車的小二子。

「看起來很有趣。」

於是，這筆交易便這麼促成了。

狗車駛入小村莊。廢墟裡燃著燈火，煙燻味傳來，看來有人家正在準備晚餐，我們駛過兩個揹著巨大行囊的人身邊，又避開躺在地上、已不知死活的男人，在清水的指引下，找到今天下榻的旅店。

「今晚妳打算住哪裡？」

分開前，我問清水。那傢伙說她身上沒有錢，所以我有點擔心她會做些不利於他人的事。

「村裡有個獨居的老婆婆願意讓我在她家暫住一陣子。」

「妳確定有徵得對方同意吧？」

「當然。」清水興致盎然地拋接著大鐵盒，囑咐紫虛：「那是很珍貴的寶物，希望妳趕快讓它的數字達到九九九九，我也很好奇會發生什麼事。」

道別後，我和紫虛走入旅店，由於還沒用過晚餐，在要到房間鑰匙後又點了兩碗清粥。

找到位子就坐時，紫虛仍然在搖晃著那個小鐵盒。

「現在數字多少了？」

「一千九。」

「妳搖那麼久，結果才只增加兩百啊。」

「沒辦法，手會痠。」

「勸妳還是不要太期待。我看這台機器八成已經壞了，就算沒壞，也不可能會因為它發生什麼好事。」

何況這番話還是出自教團的巫女之口，一點根據也沒有。

「既然都到手了，總是要嘗試看看。」紫虛說。

我嚐了一口老板端上來的清粥，雖然菜單上註明是清粥，而老板也告訴我那確實是清粥沒錯，但吃起來非常死鹹，還富含一種金屬無機質的味道。我撈起米飯，發現飯粒是綠色的，而且還呈球狀，在什麼樣的土地會種出綠色的球形米？對此我毫無頭緒。紫虛只吃兩口就不吃了，我因為肚子餓又不想浪費食物，打算一個人解決兩碗，這時我才想起剛剛忘記詢問老板廁所的位置。

「那是什麼東西啊？看那姑娘從剛才就一直拿著它晃來晃去的。」

吃到一半時，一名男子自己拉了張凳子坐到我們身邊。他留著鬍子，蓬頭垢面，很難分辨確切年紀。

偶爾會有主動來搭話的人，大多都不是為了什麼正經事。在商人中，我不論年齡或年資都還顯得稚嫩，又帶著一個女孩同行，會遇到想藉此占便宜的人也很正常。

男子見我不搭理他，主動自我介紹。他說自己是在旅館做跑堂的，同時負責房間的清潔工作，從他那身髒兮兮的衣服無法判斷，但是既然旅館主人沒有把他轟出去，那可能真的是受雇於此的員工。

「這裡很少有旅行商人經過，你們是特別來找誰做生意的嗎？」

「只是路過而已。」我突然想到，既然他在旅館工作，那應該知道不少這座村落的情報，或許可以請他告訴我村裡有沒有人識字。

「識字……？」男子一臉狐疑地瞪著我。

「其實我是名書商，手邊正好有幾本書想賣。」

「書商啊……哇，真了不起！」

果然清水的話不能相信，這座村子裡並不如她所說都是笨蛋。

「我以前也想過要出外當個拾荒客呢，哈哈哈。」

好吧，收回前言。

感覺和男子話不投機，我重新問道：「所以你有認識的人看得懂書嗎？」

「有是有啦，不過……」男子話說到一半，眼神瞟向紫虛手中的機器。

她還在搖著裝置。我甚至看見她的臉頰滲出汗珠，光是搖搖手臂就能夠讓她流汗，可見體能真的很差勁。

「你想要那玩意兒嗎？」

男子聽了，立刻搖頭否認。

「不不不，那想必是很貴重的東西吧？我怎麼好意思要呢，只是好奇而已，因為看那女孩好像很寶貝它的樣子。」

「我想讓上面的數字快點增加。」紫虛把手裡的機器放到桌上，男人看著裝置不時發出「喔」的聲音。

「我可以晃晃看嗎？」他問道。

「請便。」

男人拿起裝置，晃了幾下，看到螢幕上的數字隨之增加，讓他很欣喜。

「據說等數字達到九九九九後會發生好事。」

「什麼樣的好事？」

紫虛搖頭，男子再次發出感嘆聲，像是擅自理解了什麼。

「我從沒看過這麼神奇的東西，光是玻璃上會顯示數字就很了不起了。以前我曾拿到一台比這個小盒子還大上許多的黑色箱子，上面也鑲著類似的玻璃片，可是完全不知道該怎麼使用。」

他這番話有點誇大了，但我也承認現在要找到沒壞掉的螢幕是很不容易的事，畢竟根本就沒有電力。

「你們是在哪裡撿到這東西的？」

「是一個名叫清水的巫女給我們的。她那邊還有另外一個類似的裝置，不過比這個大上許多，而且沒有故障。」

「咦？原來這個故障了嗎？」

「你看數字不會自己增加吧？那肯定是故障了沒錯。」

「搞不好這就是它原本的用途。」男子把裝置還給紫虛，我看得出他心裡還有眷戀。

男子說，這座村子鮮少有旅人經過，換言之，旅店的生意肯定很慘淡。我們走進房間時，立刻感受到那股荒涼、寂寥感。大概也是因為如此，所以家具保存的狀況良好，牆上雖有壁癌，但至少沒有破洞，唯獨從地板到床鋪都積了厚重的灰塵，顯然那傢伙根本沒有認真打掃過，才會讓這間雙人房產生如地下墓穴般的味道。

今天的紫虛不打算寫稿也不看書，突然很有知名作家的氣勢。此刻的她，正躺在床上搖著小盒子，讓我能安心地在桌前準備明天要推銷的書目。

「我發現訣竅了。」她說。「如果只是單純上下左右搖晃小盒子，上面的數字不會增加，要劃出類似半圓的形狀才行。」

我把椅子轉到側面，別過頭，看見她正抓著鐵盒在空中畫圓弧。

「真是恭喜妳，但這樣不累嗎？」

「很累。」

我看著那一道道隱形的弧線，突然覺得紫虛晃動的軌跡和頻率有種熟悉感。

「借我一下那個盒子。」

我接過裝置，又取下窗前用來綑綁窗簾的綁帶，裝置後面有一個小洞，我將綁帶穿過去。

「腿伸出來。」我說。

「……你要幹嘛？」

我把綁帶纏在紫虛的大腿上。

「這是在做什麼？」

我請紫虛先下床在房間裡走幾步路試試看，果然如我所料，她每踏出一步，裝置上的數字就會加一。

「這樣一來，妳就不用成天拿著那個搖來搖去了，只要走路就好。空的雙手可以做其他事。」

「可是好不方便，還不如拿在手上。」

「又沒有叫妳成天綁在腿上，等外出時妳再戴著就好。我看以後妳也別搭狗車了，我叫小二子走慢一點，我們陪妳一起走。」

「這是不可能的事。」

隔天，天氣晴朗，替這死氣沉沉的村子添了份活力。旅店主人準備了昨晚的清粥，說是免費招待，我因為怕鬧肚子，便連同紫虛的份一起婉拒。我從背包裡掏出兩包消化餅，本來打算當作應急糧食，不過我想綠色的米粒本身就是種危機，便和紫虛兩人分食了餅乾。

「上面的數字已經快到三千了。」

她照我的建議，把小盒子綁在腿上。

昨天來搭話的男人站在旅店的屋簷下，看見我們走出旅社，立刻出聲招呼。他告訴我們今天他休假，如果要去找村裡識字的人，他可以幫忙帶路。

「你來得還真早。」

「畢竟我沒事可做嘛。」男人哈哈大笑，露出參差不齊的牙齒。「你們要找的人正好住在我家附近，來，我帶你們去。」

我並不是百分之百相信男人說的話，心想著如果他打算帶我們繞進小巷，得立刻掉頭就走，但男人好像真的不抱有惡意，一路上我們都行走在村子裡的幹道上，不時與掛著死魚眼的行人擦身而過。

比起這些路人，我反而還覺得在路邊行乞的叫化子更有人情味，至少他們願意多看你一眼，還會在你不打算掏錢時吐你口水。

小村子裡廢墟林立，也分不清楚哪棟房子有人居住，不過既然設有旅社，那應該至少有二三十戶人家。途經幾塊果園和田地，我注意到稻梗上長滿綠色的稻穗，現在是收割的季節嗎？無論如何，昨晚吃的清粥應該就是產自這裡沒錯。

「今天沒看到小姑娘帶著那個機器了呢。」走在前頭的男人說。

「我綁在腿上了。」紫盧回道。

「啊，是這樣嗎？也是，畢竟貴重的東西要是被偷走就不好了呢。」

我想起清水說過這裡的治安不好，但我除了錢財和書以外，沒剩下什麼有價值的東西，行李留在旅館倒也無所謂。

「就是這裡了。」

我們停在一棟平房前，男人說住在這裡的是一對祖孫，老人是村子裡唯一識字的人，旅店的招牌還有菜單就是他幫忙寫的。

「常聽老先生說想教孫子識字，但沒有教材。」

「我這邊正好有一本繪本。」

「繪本？」

「就是用字簡單、圖畫很多，受小孩喜歡的那種書。」

「原來如此，那搞不好我也看得懂呢。」

男人說著客套話，敲了敲門，應門的是一位滿臉皺紋的老頭子，皮膚底下透出血管的顏色而顯得臉色略為發青，我不知道和那些米有沒有關係，但既然他住在這裡，肯定沒有少吃那些粥。

可能是因為一大早被叨擾，起先老人面露慍色，直到我向他表明來意，臉上緊繃的肌肉才緩和下來。

「請務必讓我看看那些書。」

老人引領我們進屋，他的孫子替我們倒了茶水，看起來不超過十歲。我從書包裡拿出要推銷給祖孫倆的書刊，除了繪本，我身上還有幾本大眾小說，即使不知道老人的閱讀習慣，但生活在荒涼的小村裡沒有其他娛樂，這些書應該也能引起他的興趣。

老人說他年輕時曾在一個城鎮主人的手下做事，城主有不少藏書也不吝與他分享，所以他才能讀懂文字。

我看著老人耐心指導孫子認字，那情景與我的記憶重合。好多年前，師傅也是像這樣一個字一個字教我認讀，除了隔天抽考，錯一個字打十下之外，我也曾走過男孩現在踏上的路。

我不好意思打斷他們，老人不可能三兩下讀完一本三四百頁的小說，男孩也需要時間把繪本裡的文字記下來。我只是在一旁靜靜觀察祖孫倆的互動，沉浸在我不太愉快的回憶之中。

紫虛打了個哈欠，完全提不起興趣看人讀書，於是把臉湊到我耳邊說：「我想出去散散步。」

我猜她應該是想繼續累積數字。

買賣談得很順利。老人年輕時存了不少積蓄，現在仍在替村裡的人處理必要的文書工作，所以收入穩定。省略掉討價還價的過程，就決定買下我推薦給他們的書了。

「你或許是我這輩子見到的最後一個書商了。」

「如果有機會，我會再來的。」

我如此回應，其實心裡明白得很，除非路過，否則大多數的村落這一生都沒有再踏足的理由。

老人一路送我們至門口，還向我鞠躬欠身，我感到不好意思，急忙回禮，明明我只是個登門推銷員，卻受到了宛若貴賓般的禮遇。

老人關上門後，我從他剛剛支付給我的錢幣中取出其中三成交給男人。

「這樁交易能促成都要歸功於你。」

「你太客氣了。」

男人並沒有收下錢幣，而是把它推還給我。我知道天下沒有白吃的午餐，任何想占別人便宜的念頭，最後都只會替自己招來更大的損失，既然他的目的不是索取仲介費，那肯定有更讓他在意的事。

「你還是想要那個機器嗎？」

男人聽見我這麼說，一瞬間露出了狼狽的樣子，我就知道他心底果然還是在想紫虛的小鐵盒。

「不……倒也不是。對了，昨天聽你說除了那個小鐵盒以外，還有一個更大的盒子對吧？」

「對，那個盒子現在在一個巫女手上。」

「你說她叫清水對吧？她現在還在村子裡嗎？」

「她說她借住在一個老婆婆家裡。」

「那個老婆婆家在哪裡？」

因為清水也想知道紫虛的機器有什麼功能，所以有告知我們老婆婆家的位置，要我們在數字達標後第一時間聯絡她。我猶豫著該不該告訴男人地址，畢竟講出來可能會替老婆婆招惹麻煩，可是我又不希望欠他人情，再說，要是他繼續掛心紫虛的小鐵盒，這樣有麻煩的可能就是我的旅伴。

遲遲拿不定主意，我搔著頭，突然摸到頭上的腫塊，是昨天被撬棍打的。

結果我還是把老婆婆的住處告訴男人。男人向我道謝後，就提起腳步匆匆離開了。

我和他走上不同方向，在回去之前，得先找到去散步的同行夥伴。我單手捧著沉甸甸的錢包，因為剛做完買賣心中充滿了踏實感，走起路來也忍不住踩起外八字，來往的路人看到我，先是用羨慕的眼光瞪著荷包，接著又一臉嫌惡地瞄了我一眼，此時的我，肯定像極了地痞流氓。
我邊走邊想著離開村子後該往哪個方向走，結果在山道前看見一個少女正坐在岩石上休息，整個人倚著柺杖，身體隨著喘息聲劇烈地起伏，即使沒見到臉也知道是誰。
「妳是做了什麼激烈運動嗎？」
「不……我只是走著走著，不知不覺就變成這樣了。」紫虛痛苦地抬起頭說。
原來僅僅是走路就能讓她瀕臨死亡，過去的我真是太高估她了。
「不過，」她勉強露出得意的笑容道：「數字又增加了三千喔。」
今早出門時是三千多，現在螢幕上顯示六千三百二十一。
這樣很可能明天就達到目標了。
傍晚時，紫虛提議外出散步，看來她還打算繼續累積步數。
「雖然很累，但你說得沒錯，掛在腿上數字的確比較容易增加。」
「要是妳每天都像這樣出來走走，體力很快就會變好了。」
她再次說道：「這是不可能的事。」
果不其然，我們沿著村落繞行，還走不到一圈，紫虛就顯露疲態。今天的活動量早已超出她的極限。

為了讓她轉移注意力，想些愉快的事，我說道：「對了，妳的稿子寫得怎麼樣了？」

「沒什麼進展，總是寫一寫就覺得哪裡怪怪的，就扔掉了。」

難怪每次從旅館退房時，總能看到垃圾桶裡塞滿揉成一團的紙球。

我趁機提到：「這麼說來，我好像沒有完整看過妳寫的故事，是什麼樣的題材啊？」

「在講男人之間的友情。還記得那本我從書庫裡帶出來的書嗎？名叫《圖書館的耽溺》，自從讀過它之後，我就立志要寫出像那樣感動人心的故事。」

「下次妳扔掉原稿前可以給我看看，說不定能給妳一些建議。」

到底我也是個書商，不管我有沒有興趣，總是會經手各類型的書籍，如果將來開了書店，說不定未來會有機會嘗試出版，即便我根本不知道要如何出版一本書。

印刷機的技術已經遺失了，如果想大量印製某本書刊，雕版印刷或膠泥活字版或許是可行的方法，可是要找到擁有這項技藝的職人並不容易，而且收費肯定很高昂。再說，與其浪費錢去印紫虛的書，我不如多花點時間在廢墟裡搜索大家最愛的雞湯書，反正又沒有人會因為我支持原創就給我補助。

「等時機成熟，我會的。」

一時半晌，旅途也不會結束，紫虛有大把的時間可以慢慢完成她的作品，在那之前我得存多一點錢才行。

太陽下山後，我們走回旅店收拾行囊，打算明天啟程。紫虛把腿上的裝置摘下來，在我面前炫耀般地晃了晃說：「七千多了呢。」

「剩下的拿在手上搖就好了。」說完，她便躺回床上，不停搖晃著裝置。對比剛拿到小盒子時，現在的她顯得得心應手，也不再抱怨手痠了。

就寢前，紫虛手裡仍抓著裝置，這時一陣短促的敲門聲響起，一打開門，清水面色鐵青地說：「大的盒子不見了。」

沒等我回應，清水就自己走進房間，對床上的紫虛再次說道：「大的盒子不見了！」

「這樣啊。」

外頭的風颳進來，好冷，我關上門。

「這很嚴重！萬機神大人會生氣的！」

「如果觸怒了那位神明，會發生什麼可怕的事嗎？」

「就是不知道才可怕啊！」

我突然好羨慕這群教徒，他們可能是這世上最快樂的一群人。

「不行啦，這樣下去不行，你們一定要幫幫我！」

「現在已經很晚了妳知道嗎？」我敲了敲手上的腕錶，那也是我從廢墟裡撿來的，指針早就不會動了，時間永遠定格在凌晨一點鐘，我只是覺得戴著很酷，沒想到它會有派上用場的一天。

「這不能拿來當藉口，修行是不分晝夜八時的。」清水掏出鐵撬，手腳俐落地把玩著，偶爾紫虛坐在書桌前下不了筆時也會有類似的動作，只是紫虛轉的是筆，而她是鐵撬。

「好吧。所以妳是什麼時候發現不見的？」

「吃完晚餐回家後找不到那個箱子。」

「妳沒有帶在身上啊？」

「帶著這麼大的東西在身上也很不方便。」說話的同時，她的手裡仍握著鐵撬。我還以為她撿到什麼東西都會往袖子或胸口裡塞。

「我知道了。我讓小二子去幫妳，牠是狗，而且還有兩個鼻子，一定能成為助力。」

「我以為你們也會一起。」她一把搶過紫虛手裡的機械。「而且數字明明都快滿了，今天晚上如果沒湊到九九九九，你們還睡得著嗎？」

「其實……」

我回過頭，紫虛正面無表情地看著我。

「妳說得有點道理。」

雖然我對大盒子的下落並非毫無頭緒，可是也不打算坦白，我只是想藉此機會讓紫虛多走一點路。腦子壞掉的巫女偶爾會說出富含哲理的話，我確實對紫虛的裝置抱持一絲期待，看來我若是沒成為書商，肯定也能成為一位優秀的教徒。

我們三人和小二子在夜晚的街道上漫步，我的錶並沒有錯，夜闌人靜時周遭的燈火已熄滅，只剩下零星幾戶人家點燃了助眠的燭光，餘下的照明全部仰賴月色與星彩。

在夜晚的街道獨自行走是很愚蠢的行為，我注意到小巷子裡不時會傳來不懷好意的視線，只是在看到兩顆頭的大狗和巫女手中的鐵撬後，視線又立刻消失了。小二子沿路聞來聞去，我也不知道牠是不是真的在尋找清水的味道，有可能只是想找個不錯的地方小解。

「如果最後真的找不到那個鐵盒子怎麼辦？」因為我認為裝置八成是找不回來了，想勸清水做好最壞的打算。

「那教團會很生氣。」

「教團的其他成員應該還不知道妳撿到了那個東西吧？」

「對，但我還是會回報給幹部。因為誠實是美德，宗教的本質就是勸人為善。」

「我想妳的善良必須有點鋒芒。」

「所以我打算告訴教團，我會弄丟機器都是你的錯，然後我會被關禁閉，而你會因此被組織成員追殺。幸運一點，我們都有機會被改造成機奴。」

「我只是想說妳可以當作沒這回事，相信妳的神明一定能諒解。」

「你真是太樂觀了。」

到最後，我們甚至連清水沒走過的路都繞了一遍。這時，我忍不住開始思考大盒子上那組數字的意義。

三四一三五四、三四一三五三、三四一三五二……和紫虛的裝置不同，那組數字每過一秒就自動遞減，這樣早晚都會歸零吧？算算時間，如果那是指三十四萬秒的話，應該還有好一陣子。

要是小盒子上的數字達到九九九九會有好事發生，那大盒子的數字來到零時，又會發生什麼事呢？說起來，「有好事發生」本來就毫無根據，只是因為清水如此說著，紫虛才抱持好玩的心態累積數字。

就在我開始感到疲倦，打算回去時，紫虛推了我一下。

「嘿。」她說：「好像已經到九九九九了喔。」

「真的嗎？」清水聽聞，比我還興奮。她抓著紫虛問道：「那有感覺到發生什麼事嗎？」

「感覺不到任何變化。」紫虛搖頭：「應該早就到九九九九了，只是剛剛都掛在腿上才沒有發現。」

果然是騙人的，就只是個故障的裝置而已，和我那支爛錶一樣。

「怎麼可能！一定有發生什麼事，只是妳沒察覺而已！趕快努力想想，用心感受！」

「真的沒有啊，什麼事情都沒發生。」紫虛有點失望地把裝置還給清水。「乾脆妳拿回去吧，這樣就算找不到大盒子，至少還有小盒子能給教團交差。」

「嗯，倒也不是真的什麼都沒變……」

聽見我的話，兩人同時側過頭看向我。

「走了那麼久的路妳都沒有嫌累，也不像之前那麼喘，代表體力變好了。這樣應該算好事吧？乾脆以後妳繼續戴著它走路算了。」

「這是不可能的事。」這次紫虛沒有顯露任何遺憾了，她立刻把裝置塞進巫女的胸口，看來大家都把那裡當作垃圾掩埋場。

——搞不好這就是它原本的用途。

我想起男人的話，在旅店時，他是這麼說的。

這時，震耳欲聾的聲音突然響起，紫虛嚇得跌坐在地上，扶她起來的同時，我注意到遠處有火光，幾秒後，陣陣濃煙竄起，伴隨著四處飛散的火粉，開始傳來人們的叫喊聲。

漫天的煙霧讓清水看得出神，良久，她才愣愣地盯著手上的機器說：「真的有事發生了……」

火勢迅速蔓延開來，那天晚上，我們趁著居民陷入一片慌亂，抓著清水連夜逃出村莊。路上，清水告訴我她沒想到那個小盒子會這麼危險，同時，她臉上也洋溢著興奮的神色。

「這肯定是萬機神顯靈。」

她好像打算向教團申請冊封，讓小盒子能與其他聖物齊名，而大盒子的事則被她拋諸腦後。眼見她不再提起遺失的盒子，我也決定不再多提。

三四一三五四、三四一三五三、三四一三五二……

當時的爆炸聲，似乎是從那對祖孫住的地方傳來的，而火勢也是從那裡蔓延。這個世界上會讀書的人越來越少，我衷心希望他們平安。

三四一二一四、三四一二一三、三四一二一二……

男人說，他也住在那附近。

34：12：01

34：12：00

34：11：59……

※關於《時間機器》

H·G·威爾斯於一八九五年發表的科幻小說。講述一名科學家透過時間旅行機器來到八〇二七〇一年，並在新人類所建立的文明中經歷了一連串的冒險。

〈小徑分岔的花園〉（原著：博爾赫斯）

1

我很少會長居於某個地方，最主要的原因是我喜歡旅行。

自從踏上旅程，不知不覺已過了數十個年頭。旅途中，我曾碰過不少文史典籍沒有紀錄的奇人異事，也親眼見證許多文字無法描述的壯麗風景。

其中有不少怪事是發生在自己身上。

依照舊時代的傳統曆法，我剛來到那座小鎮時正好是夏至，是一年中最炎熱的時節，村人在田地裡灌溉農作、揮灑汗水，我壓低帽緣，穿過農田小徑，走入市町。

這座城市是從車站遺址修築而來的，以車站為圓心，四周的廢墟都有重新用木板條或廢鐵皮整建過的痕跡，一群農人坐在月台上用餐，幾個小孩則在雜草叢生的鐵道旁丟石頭玩。

我在小鎮裡尋找可歇腳的空屋。由於沒有多餘的錢財，身上也沒有需要保管的財物，我並不打算下榻旅店。

穿過小巷，來到城市的邊陲地帶，這裡的房子排列緊密，大多毀壞嚴重，原本人聲鼎沸的街景也變得冷清。

這時，一面招牌吸引我的注意力。它被放置在路邊，一個好像會對路人造成困擾卻又好像不會的微妙位置，上頭用墨水寫著「書店」兩字。

這樣的小鎮裡竟然有書店啊……我忍不住這麼想。畢竟能讀懂書的人很少，大部分賣書為生的人都會遊歷各地推銷書籍，即使開了店，也會選擇在更大的都城裡經營，何況這間書店還開在小鎮外圍的廢墟群裡。

我左看右看，街道上果然還是一個人也沒有。

抬起頭，木頭招牌上雕著「萊柏里安」四個字，看起來是這間書店的名字。

室內泛著油燈的光亮，卻看不出來有沒有在營業。

「打擾了。」

我戰戰兢兢地推開門，貝殼串起的門鈴隨之發出清澈的聲響。

店裡的空間大多被書櫃所填滿，原本應該給顧客通行的走道也堆滿了與人等高的書山，我側身穿過走道，同時瀏覽架上的書籍。

令人納悶的是，每本書上都貼著「非賣品」的標籤。不論架上或地上，散書或套書，皆是如此。

走到書店盡頭，一隻黑貓正在櫃檯上梳毛，一個白髮蒼蒼的女人坐在裡頭，櫃檯上有面桌鏡，反射日照，為女人提供額外照明。

察覺有客人光顧，她抬起頭，含糊地說了聲「歡迎光臨」後，又低頭繼續寫字。

我注意到女人的頭髮仍帶有水潤的光澤，似乎不是因為年齡導致白首。

「請問——」我走到櫃檯前。「為什麼這裡的書全都是非賣品呢？」

「因為店主不在，沒有經過他的同意不能把書賣掉。」女人回答。

「那老板什麼時候會回來呢？」

「他幾年前在賣書的路上過世了。」

「啊……」

我自覺說錯話，只能發出難堪的咿啞聲。

這麼說，豈不代表這間書店的書永遠都不會對外販售了嗎？

「如果只是要借書的話沒問題。」女人說：「不過，只能在店裡看。」

「您從剛才開始就在寫什麼呢？」

女人恐怕覺得我是個麻煩的客人，可是沒辦法，不論是女人或書店本身，我對這一切都感到十分好奇。

「書啊。」女人理所當然地回道。

「您是說，您會寫書嗎？」

女人從身旁的書山中抽了一本遞給我。那本書的裝訂方式和過去我讀過的書都不同，手法較為粗糙，不過書況很新，紙張沒有泛黃。
這並不是舊時代遺留下來的書籍。我看了看書脊，出版社是「萊柏里安」，正是這間書店。
「這本書是您寫的嗎？」
女人點頭。
「真是不可思議，我從沒聽過有人會寫書。」我以為那是早已失傳的技術，即使是我都沒辦法掌握。
「因為我答應這間書店的主人了，要讓他在店裡賣我寫的書。」
「您都是撰寫什麼類型的故事呢？」
「在這裡定居後，我開始專心寫作，如今各種類型都嘗試過了。」女人指著我手上這本書說：「像是這本，寫了許多過去旅行時發生的事。」
女人年輕時似乎也是一名遊歷各地的旅行書商，曾在旅途中遭遇過不少奇異的事，於是她便把自己的所見所聞撰寫成冊。
同為愛書的旅人，也同樣具備吸引怪異事件的體質，我對女人感到十分親切。我告訴她，自己在旅行時也碰過不少怪事，如今回想，依然感到費解。
例如，我曾經誤打誤撞走到一座港口城鎮，在那裡遇見了一個帶著小孩的女人，一把鼻涕一把眼淚地纏著我，詢問這段時間我到底去了哪裡。明明我與女人素未謀面，她的孩子卻稱我為爹。不僅如此，小鎮裡的居民不論男女，看到我也都表現得歡欣鼓舞的樣子。

他們說，我曾在小鎮生活了很長一段時間，卻在某天突然不告而別。

當然，我完全沒有這份記憶。

「那可能是你自己的幽靈吧。」聽完我的描述，女人如此說道。

「類似的案例在《太平廣記》或《江談抄》裡都出現過，並不是很稀奇的事，不用放在心上。」

一個人同時出現在兩地，各自過著不同的人生。據她所述，世界各地都有類似的文獻記載這樣的故事。

「照您這麼說，我後來碰到的怪事又該如何解釋呢？」

那也是我在旅行途中發生的事。

因緣際會下，我來到某座以大佛像聞名的城市，當然，觀光客會造訪並不是想觀看佛像，而是因為那座城市是某個宗教的聖地。儘管我並不是信徒，但入境隨俗，我還是站在佛像前雙掌合十參拜。昔日人類建造的大佛身上被釘了許多金屬片，化身為那個宗教的神祇繼續供人膜拜。

「那邊那位施主大德。」

一名穿著修女服的少女站在大佛腳下，朝我招了招手。原以為是在他鄉巧遇舊識，但當時我戴著太陽眼鏡與口罩，即使碰上熟人，對方也不可能一眼認出我來。

「難得遠道而來，若是錯過聖人遺骸就太可惜了，來看看吧！」

修女的身旁還有一間小棚屋，棚屋前聚集著不少人。

我在人群中踮起腳尖眺望，棚屋的入口處被布簾擋著，看不見裡面。

「聖人遺骸，一次只要十顆彈珠。」

十顆彈珠不是小數目，夠讓省吃儉用的人過上一個星期。大概也是因為參觀費昂貴，所以大家都圍在布簾前，想透過縫隙一窺究竟。

修女用鐵撬戳了戳我的腰，說：「今日看與你有緣，收你十一顆彈珠就好。」

「為什麼漲價了？」

「你該不會覺得跟我說話是免費的吧？」

即使我對遺骨沒什麼興趣，但我當時害怕極了，匆匆付了錢，走進棚屋。

棚屋內的布置比外觀看上去莊嚴，牆上繪有許多工程數學符號，只不過排列的方式似乎沒有任何意義，左右兩側擺著幾件生鏽的機器當裝飾，正中央的祭桌上放著一口金屬箱子。

那裡頭大概就裝著修女所說的聖人遺骸吧。我沒有多想，往金屬箱子望去，結果——

「結果？」女人問。

「結果我看見自己躺在裡面……」

那是口棺材，棺材裡面裝著我的半截遺骸。不知何故，遺體腹部以下的部位完全不見了，但他的外貌的確和我一模一樣。

「若是如您所說，港口那次的遭遇真的是我的幽靈引起，那又要如何解釋這具屍體呢？」

因為沒什麼客人走進棚屋參拜，所以修女並沒有趕我走，我留在屋內觀察遺體好一陣子，那並不是幻覺，遺體是真的被封箱在棺柩裡。

這些都是很久以前發生的事。在那之後的旅途，我仍然會三不五時碰到和我打招呼的陌生人，也常糊里糊塗地被人邀請去家裡敘舊。

女人托著下巴，陷入沉思。見狀，我立刻說道：「請不要為此傷腦筋。這麼多年來，這件事我自己也想不透，會告訴您，只是因為聽說您在寫書，說不定我的故事能提供您一點靈感。」

「不。」女人說，「我沒有傷腦筋，只是覺得很意外罷了。」

「意外？」

「我也曾撰寫過類似的故事，主角的遭遇和你非常相似。」

女人告訴我，那幾篇故事正好就收錄在我手中的書裡。

2

「你的名字是黎，黎明的黎。」

這是父親對他說的第一句話，他不可能忘記。在那之前他的記憶很模糊，世界是一片黑暗，或許待在母體裡的胎兒也是同樣的感覺，他不確定，畢竟人很健忘。

沒有一個人會記得自己襁褓時發生了什麼事，即使父母親對嬰兒的第一句話是叫爸爸還是媽媽爭論不休也沒有意義，因為這些記憶早就隨著臍帶脫落而被永遠遺忘了。在往後的人生，還會反反覆覆忘記許多東西，人、事、物，不會再見就代表忘了也無所謂，人的臟器有保存期限，記憶也是，超過期限便該任其腐壞，不需有所眷戀。直到白髮垂首，才發現早就什麼也不記得了。

不過他還沒有忘記，那時他是這麼回答父親的：「我沒有看過黎明。」

「今後你會有很多機會看到的。」被他稱作父親的人說。

黎知道那個人不是他的親生父親，只是照顧他的人，父親告訴過他不少工廠外的事，他知道沒有血緣關係的人互相扶持是常態。他沒有兄弟姊妹，唯一的家人就是父親，只是他不確定自己能給父親什麼。

工廠是一棟被水泥包裹的方正建築，黎在其中一間房間裡長大，在那裡生活、受教育，這些都由父親一手包辦。黎從沒走出過自己的房間，所以工廠的外觀也是聽父親說的。

那天他剛睡醒，不記得昨天是如何度過的了，依稀記得父親吃了個玉米罐頭，也有可能是青豆，或許睡前還抽了根紙捲菸，也可能沒抽，他不記得了。

父親告訴黎，今天是特別的日子，工廠來了一個訪客。

黎隨著父親一同走出房間，廠房內堆滿了機械零件，隨意棄置在走道上生灰塵，電線纏繞的金屬桿像人類的斷肢一樣張牙舞爪，黎總覺得盯久了這些機器就會自己動起來。

父親帶黎來到另一間房間，和他密不透風的住處不同，房間有扇用鐵條加固的窗戶，陽光透過窗柵灑落地面。黎知道太陽的存在，這卻是黎第一次親眼看到陽光。

比想像中耀眼，卻不如想像中溫暖。

一個年約十六七歲的少年正端坐在室內的沙發椅上。皮膚白淨，五官的輪廓比起男孩，更像是女性，唯獨雙眼透露出一種渾然天成的冷漠。父親與他寒暄時，他雖然會陪笑，卻是擺出營業式的笑容。黎相信父親看得出來，但父親並不在乎，他要黎別站在一旁，也一同加入談話。

「有件事我必須先告訴你，前陣子我認識了一個女孩，現在已經不是一個人旅行了。」

少年說話的同時，拆開父親遞給他的紙袋，檢閱裡頭的文件。

「是嗎？那還真是恭喜你了。」

「事情不是你想的那樣。」少年說：「這裡的事能讓她知道嗎？」

父親搖手，表示不需介意。

「稍微跟她說明一下就可以了，至少別讓她跟你第一次來時一樣大驚小怪。」

「我以為我滿冷靜的。」

「你太抬舉自己了。」

待少年檢查完文件後，他與父親一同起身，黎見狀，急忙跟在兩人身後。

父親推開工廠大門，一隻有兩顆頭的狗正停在入口處，狗的身體套著鞍繩，牽著一輛四輪的貨車。

黎從未見過外面的世界，不過眼前的景象（連同那隻雙頭犬）卻沒有讓他感到特別驚奇，就像太陽一樣，他認為世界原本就該是這樣子，一切都是那麼理所當然。

父親命令黎上車，黎沒有質疑父親的話，上了狗車。

「這個男孩會帶你到城裡。你要在那裡應用你所學會的知識，想辦法活下去。」父親說。

「活下去？」

在工廠的日子，黎從來沒有為生活煩惱過，父親會為他安排好一天的行程。一直以來，都是父親要他做什麼他就做什麼，父親說的話從來不會錯。

可是，現在他卻對父親突如其來的要求感到疑惑。

「從今天開始，你得一個人到工廠外生活。」

「為什麼？」他問：「我不能繼續待在工廠裡嗎？」

「不行。」父親正色道：「繼續讓你待下去就沒有意義了。」

狗車出發前，父親再次向黎囑咐道：「如果有人需要幫助，你就要盡可能伸出援手。別忘記你的名字了。」

以後無論發生什麼事，你都不能再回來，知道嗎？」

是，我知道了。黎回答父親。

一切發生得措手不及，他沒想到今天就是與父親訣別的日子，照理來說，他應該要感到更難過，但淚水卻怎樣也無法擠出來。他認為那是父親的緣故，因為父親也沒有表露任何不捨，只是用不帶任何起伏的語氣，猶如交辦工作般告訴他應該知道的事，僅此而已。

駕車的少年拉動韁繩，狗車駛離工廠。坐在貨台上的黎側過頭往工廠的方向望去，父親正走回廠房，沒打算站在原地目送他離開。

黎感覺才剛來到這世界不久，轉眼間就要告別養育自己的父親，踏上旅程了。

迎接他的是一望無際的荒蕪土地，塵土飛揚，枯樹幹散布原野各處，讓黎想起父親的菸灰缸，而自己彷彿只是落於缸缽中的一粒塵埃。

「在工廠的時候，我父親給你的那疊紙上寫什麼？」

路上，黎詢問駕車的少年。黎雖然對父親交付的文件感到好奇，但他真正的目的是為了打破狗車上的沉默。

少年是個沉默寡言的人，不會主動與他搭話，而他有預感這趟路程還很遙遠，他受不了兩人在車上維持一言不發的狀態，總得要有人說點什麼，無論說什麼都好。

「小說。」

少年回道，接著把放在身旁的紙袋遞給黎。黎接過紙袋，取出文件。

「父親給你這個做什麼？」

「車馬費，做為我送你去城裡的報酬。」

少年說父親在工廠裡囤積了不少書籍。有專業領域的工具書，也有排解無聊的小說，父親親自抄寫某本書的內容交給少年，希望他離開時能順道載黎一程。

「所以你特地跑來工廠，就只是為了這本書？」

「我是書商，哪裡有書我就會去哪裡。」

少年自稱是旅行書商，是一種在旅途中尋找失落典籍，再轉售他人牟利的職業。父親說過，世界上到處都是以拾荒為業的人，聽起來少年的工作也相差不遠。

「不過這可不是拾荒，可不要把我和那些撿破爛的搞混了。」少年如此說道。

黎一邊閱讀父親送給少年的小說，一邊與他閒聊。他很好奇自己突然被父親趕出家門的原因，但少年表示自己也不知道。

「你稱那個人作『父親』吧？我想他對你有很高的期待。」

「你是指在無預警的狀況下，把自己的孩子扔到荒郊野外生活嗎？」黎挖苦道。

其實他並不怨懟父親，單純是想逗少年笑。黎喜歡笑話，也喜歡看到人們開心的樣子，所以他相信不苟言笑的少年笑起來一定特別好看。

「獅子也會把自己的孩子扔到懸崖下。」少年聳了聳肩，黎看不見他的表情，但也沒聽見他的笑聲。「再說，我們要去的地方不是荒郊野外，是一座新興市鎮。」

少年說那是座從港口舊址發展而成的聚落。過去似乎因為不明原因，導致原本住在那裡的居民常染上怪病，新生兒不是死胎就是畸形，迫於無奈，居民一戶接著一戶離開家鄉，城市就這樣荒廢了好一陣子。

「那為什麼人又搬回來了呢？」

「因為那裡的漁獲多得不可思議。」

比起疾病，生計問題顯得更為迫切。隨著人口發展，糧食資源匱乏，明知道該地不宜人居，但為了溫飽，還是有不少人從鄰近的市鎮舉家搬遷到港都。

「聽你的口氣，好像對那裡滿熟的。」

「我自己是還沒去過，但我師傅曾到那裡做過幾次生意。聽說現在的市長是個自大的混帳，實在不太想跟那種人有來往。」

少年說，若是有旅行書商造訪城鎮，行政首長多半會殷勤接待，畢竟書商所持有的書本很可能蘊藏著足以改變城市人民生活的知識。當然偶爾會有例外，畢竟不論是哪個時代都有群不愛讀書的人。

「我看不起不把書當一回事的人。」

狗車穿過一個長滿青苔的古舊隧道，洞內濕氣瀰漫，隧道的盡頭白靄一片，除了輪子滾動的聲音之外，不時還傳來水珠滴落的聲響。

因為感到不安，黎決定唱歌壯膽。那是一首二十世紀的美國民謠，黎不記得是什麼時候學會的，記憶中父親也不曾唱過類似的歌曲，但他腦中卻自動浮現這首曲目。

隨著狗車接近隧道出口，水滴聲也變得模糊，取而代之的是沙沙聲響，黎知道，這肯定是海浪的聲音。

群青色的汪洋，白浪打在岩石上，激起波濤。

黎第一次見到大海。

「原來海洋是這麼一回事。」

不僅海洋，今天雙眼所見識到的一切對黎來說都是全新的體驗。雖然不會感到興奮，心中卻有種踏實感，因為過去被灌輸到腦中的知識與資訊，如今都能獲得證實。

沿著濱海道路繼續前行，路旁開始出現零星的水泥建築，偶有漁船擱淺在岸上，不是燒得一片焦黑就是斷成兩截，怎麼看都不可能再使用。

「看來就是這裡了。」

少年將狗車停在一戶人家前，一名婦女正在院子裡曬魚乾。鋪在塑膠布的魚乾黑壓壓一片，讓人看了完全沒有食慾。

黎留在狗車上，而少年則是前去與婦女攀談。幾分鐘後，他回來告訴黎，港都到了。

「港都只是隨便取的名字。實際上沒有人知道這個小鎮叫什麼了。」

名字這種東西，在這世界已經不再重要。黎還記得，當他詢問少年的名字時，他也是這麼回答。

「既然已經把你平安送達，那我要走了。」說完，少年跳上狗車，準備離去。

「等一下，我父親沒有請你轉交給我什麼東西嗎？」

「什麼東西？」

「例如錢之類的。」

「沒這回事。」

這次少年真的離開了。

原本黎還不懂他為何走得如此匆忙，抬頭一看，才發現天色已逐漸黯淡。出了工廠後，黎沒有時鐘可以對時，對時間流逝的感受也變得遲鈍。

黎記得父親說過，外面的世界很危險，不管怎樣，還是得先找個能過夜的地方才行。

他深入港口城鎮，人們見到外地人並沒有投以異樣的眼光，專心做著手邊的工作，漁網被魚鰭勾破了，就想辦法修補，漁船如果有漏洞，就再找些木板、鐵片釘上去。男人整頓設備、女人處理漁獲，每個人手上都有被海水浸泡過久留下的皺紋。

「請問這裡有沒有能讓我住的地方呢？」

黎向那群赤裸上身，正對著漁船敲敲打打的男人們詢問，其中一個長得像鯰魚的人立刻跳出來說自己有在經營民宿，現在入住還附一頓早餐。

「可是沒有錢。」

「那你走吧。」

黎繼續沿著人造防坡堤前進，防波堤的邊緣已經崩塌，也沒有任何護欄，大浪一來，行走於岸上的人很容易就被捲走。

才剛這麼想，黎便聽到小孩子的呼救聲。他循著聲音的方向跑去，看見海上有個男孩正在掙扎。

黎想起父親的話，二話不說便跳入海中，卻發現自己不會游泳，情急之下，他抓起岸邊的浮木，用笨拙的泳技，費了好一番功夫才游到即將力竭的男孩身旁，將他救起。

「……我要找媽媽。」男孩一邊哭一邊說。目測看來，男孩應該不到三歲，大概是在找家人的時候不小心被浪捲下去了。

「你的媽媽在哪裡呢？」

黎問道，但男孩也不清楚，倒是記得自己家的位置。

黎帶男孩回到家，那是一棟離港口稍有距離的鐵皮屋，和黎的工廠比起來簡陋到讓人懷疑這根本不能算是房子。

要是沒有人看著，男孩不知會不會又偷偷溜出去。黎心想，在男孩的母親回來前就先留在屋裡陪男孩吧。

「你是誰？」男孩問。

「我是黎，黎明的黎。」

「……哩明？」

男孩的年紀還在學習說話，「黎明」這個詞對他而言太困難了。

「就是指太陽出來了。」

「太陽！」

男孩「咿——」地笑出聲。黎喜歡看人笑，他覺得人們笑著的時候最美。

黎和男孩坐在鐵皮屋的地上扔石頭玩耍。日落時，一名少女回到家，看見家裡坐著一個陌生男人，嚇得驚叫出聲。

「請不用害怕，我只是在陪這孩子玩。」

黎將男孩墜海的事告訴少女，少女聽了，立刻跪坐在地上向黎表示感謝。

「對不起，是我誤會您了。謝謝您救回小蛤。」

原來男孩的名字叫小蛤。

「妳是這孩子的姊姊嗎？你們的爸爸媽媽呢？」

「不，我是小蛤的母親。我們母子倆相依為命。」

少女年約十五歲，卻已經有個三歲的兒子。這是相當罕見的事。

「妳的丈夫呢？」

「我沒有丈夫。」

黎的心中仍保有舊時代的倫理觀念，不論如何，他認為對一個十歲出頭的少女動手都是不道德的，何況這個人還拋棄了自己的伴侶。

少女好像猜到黎的想法，急忙說道：「我沒有和任何人發生過什麼，是某天肚子就突然大了起來。」

「當真有這種事。」

黎對人類的生理具備一定程度的認識，如果少女沒欺騙他，那處子懷胎在歷史上可以說是奇蹟了。

「在這座港口，什麼事情都有可能發生。」

少女將孩子擁在懷中，小蛤用孩童特有的嗓音不停說著「媽媽」、「媽媽」。

當天晚上，黎聽從少女的提議，在鐵皮屋住了下來。為了表示感謝，少女準備了豐盛的海鮮料理招待他。看著滿桌的盛饌，黎卻不感到飢餓，初來到漁村，他正在煩惱未來該如何在此立足。

「你走到港口去，隨著人群一起跳上船，自然會有工作做的。」

少女的名字叫阿貝，白天都和村裡的其他女人在港邊剝蝦殼。

她告訴黎，就算不知道如何打漁也無所謂，男人們每次出海撈到的魚根本吃不完，所以只要跟著上船，即使什麼都不做，最後還是能分到魚。

隔天早上，黎照著少女說的，挑了一艘大船上去。船上有十幾個男人，有人的雙頰出現鋸齒狀的裂痕，有人的皮膚上則長著蟹殼才有的倒刺。雖然外貌奇異，但他們對待菜鳥卻很友善，知道黎打算長居於此，想學習如何捕魚，一群人紛紛把自己多年來在海上打拚的經驗傳授給他。

黎是個聰明人，幾次往返漁港，他已經能熟練地撒網收網，也看得出魚群的動向。黎將捕到的魚全部交給阿貝，當阿貝在院子裡刮魚鱗時，黎就陪小蛤玩。

不知不覺，黎已經在阿貝的屋子裡住了一段時日。

雖然阿貝沒有趕走黎的意思，可是黎也知道繼續叨擾母子倆實在厚臉皮，這樣下去，永遠不能自立。

某天晚上，他躺在床上時突然聽見身邊傳來呻吟。

是阿貝。

阿貝的雙眼緊閉，還未醒覺，但口裡不停發出哀號聲，額上滿是汗珠。

黎搖醒阿貝，原以為阿貝是做了惡夢，但阿貝卻告訴他這只是舊疾復發，同時也對吵醒黎表示歉疚。

「不，我沒有睡。」黎接著問道：「妳說是老毛病，那是怎樣的症狀呢？」

「全身會莫名感到疼痛。」阿貝活動關節，說是因為白天工作的關係，導致身體不堪負荷。

黎請阿貝褪去上衣，阿貝起先不肯，但黎說什麼也不願退讓，最後她只好帶著羞澀解開胸前的鈕扣。

黎感到驚訝，因為盤伏在阿貝肌膚上的，是一條又一條綠色的絲線，排列密布，宛若血管。

這可不是常人身體會有的狀況。

「可以了嗎？」阿貝問。

「可以了。」

「那你看出了什麼？」

「我不確定。」

阿貝聽了，悶哼兩聲便穿好衣服，倒頭就睡。

黎整個晚上都在思考阿貝身體所產生的變異。他想起那些與他共事的水手們，說不定他們也和阿貝一樣，為莫名的疼痛所苦。

黎默默下定決心，一定要替鎮民解決這個問題。

3

黎花了很長一段時間蒐集材料。港口並沒有電子商行的遺址，因此他不得不跑到其他市鎮尋找資材。

他將每天捕到的魚留下一些製成魚乾，運送到其他城市販售，再和當地的拾荒者或商鋪交換需要的材料。

「這裡有焊接的工具嗎？」

他想製作電路板，卻被商鋪的老闆反問：「什麼是焊接？」

果然凡事都得自己來。在這之前，他還得先自製一台發電機，沒有電的生活太不方便了。

就這樣，黎過著白天捕魚，晚上到城市廢墟蒐集素材的生活。阿貝很擔心他的身體狀況，黎卻表示不須在意。

「再給我一點時間，就快完成了。」

最後，黎總共花了一年又九個月的時間才做好那具機器。他每天都有記錄日期，所以不會弄錯。

將近兩年的時間，或許是因為每天都相處在一起，阿貝看起來沒有什麼變化。

「黎才是一點都沒變呢。」阿貝笑著說道，她身旁的小蛤已經長高不少，再過幾年大概就會超過嬌小的母親了。

「所以那個裝置到底是什麼啊？」
「這是蓋格計數器。」
黎將機器交給阿貝，阿貝好奇地捧在手中把玩著。
「阿貝知道什麼是輻射嗎？」
「輻射？」
「具有能量的波或粒子都可以稱做輻射。核子反應時會游離出很多微小粒子，如果人碰到的話對身體不好。」
「我完全聽不懂你在說什麼。這跟我們有關係嗎？」
「我認為阿貝之所以會生下小蛤、身上長著綠色的紋路，都是因為輻射的關係。只要透過這個裝置，就可以知道哪裡受到輻射汙染。」
黎打開計數器，裝置的螢幕上立刻浮現一個數字。
「像這樣就代表很危險，超出人體所能承受的標準。」黎說：「妳最好趕快搬離這裡。」
「就算你這麼說，我也不知道該搬去哪裡。」
阿貝也是因為看上這裡的漁產而搬來的居民，若是離開漁港，多一個孩子要撫養的她就得重新煩惱生計。
好不容易查明漁港居民變異的原因卻無法解決，黎帶著計數器，在村裡散步，一邊思考可能的辦法。

黎來到一棟三層樓高的水泥廢墟旁，突然，計數器上的讀數驟降，雖然不知道為什麼，但這棟房子的周遭似乎沒有被輻射汙染。

黎回去向阿貝報告此事，阿貝說那棟房子因為外牆坍塌，沒有人住，隨時都可以搬進去。於是，阿貝向鄰居借來推車，把為數不多的家具放上車，黎則帶著拾荒撿到的建材，打算重新整頓廢墟。

鄰居見到兩人在廢墟裡忙進忙出，便詢問他們為什麼突然要舉家搬遷。

「搬家就算了，還是搬到離原本房子這麼近的地方。」一個鎮民說。

「這是為了躲避輻射。」

「輻射？」

鎮民的反應跟阿貝一樣，沒有人知道輻射是什麼。

「感覺是很不妙的東西。」

經黎解釋後，他們得出了這樣的結論。

於是，圍觀的鎮民們開始要黎隨他們回家，替自己的房屋檢查「輻射」。即使沒有人知道黎所說的輻射到底是什麼，但知道自己的後代就是因為輻射而夭折或變異後，便沒有人能忽視這東西帶來的殘害。

「你真是個不可思議的人。」

黎手握計數器，在鎮裡最大的宅院繞行時，身後的男人如此說道。

那個虎背熊腰的人是這裡的鎮長，黎上過他的船幾次，那也是港口裡最大的漁船。

「自從你出現，阿貝母子倆每天都過得很開心。」

「因為我喜歡看人們笑的樣子。」黎說。

「那個機器能給我嗎？」

鎮長說，替居民的健康把關也是鎮長的責任，今後就由他來負責檢測輻射。

黎將計數器的使用方法教給鎮長。無奈，鎮長不怎麼聰明，即使黎用猴子也聽得懂的方式耐心指導，他還是學不會。

「沒關係，我自己會想辦法。回去吧，已經沒你的事了。」

黎將計數器留在鎮長家。後來每當有鎮民拜託黎檢測輻射，他都會要對方去找鎮長。

黎不知道鎮長到底學會使用計數器了沒有，但久而久之，小鎮開始出現那具計數器其實是鎮長發明的傳言。對此，黎不以為意，能讓大家避開輻射的危害比什麼都重要。

他與阿貝和小蛤在整頓過的房子同住，日子過得很清閒。偶爾黎會想起父親，助人為快樂之本這個道理正是父親教的，如果船上有新進水手，黎會指導他們如何捕魚；如果港口遭遇颱風，他會協助鎮民加固屋舍。起初有些村民會懷疑黎是不是別有居心，但與他交往幾次後，便發現他純粹是喜歡幫助人。男人們和黎稱兄道弟，與阿貝共事的女人則誇她找到了個好夫君。

「我應該還能再替大家做些什麼。這座港口的人，值得過上更好的生活。」晚上，黎對枕邊的阿貝說。

「你已經做得很多了。我倒是從來沒看你休息過，這樣下去會累壞的。」

「我不需要休息。」他問阿貝：「妳有沒有什麼想要的東西？我做給妳。」

「我想要會發亮的東西，這樣晚上小蛤就不會因為怕黑而哭鬧了。」

阿貝說她曾經看到黎的工作室在深夜發出亮光。

「妳是指電燈吧？沒問題。」

天明後，黎從倉庫裡翻出鎢絲、電阻還有玻璃瓶，自製數個燈泡安裝在家中的各個房間，利用之前製作計數器使用的發電機和在外蒐集到的柴油，成功讓小房子燈火通明。

阿貝結束一天的工作，返家時看見屋內散發著奇異的光芒，嚇了好大一跳。

「如此一來，小蛤就不用再害怕了。」

黎牽起小蛤的手，一家人滿意地看著黎的心血成果。

當然，黎的舉動再次吸引鎮民的注意。大家圍在黎家的院前，對這一顆顆如星斗般炯亮，又不會產生煤煙的火光嘖嘖稱奇。

「只要有足夠的材料和穩定的能源，我也能替每個人家裡……不，我能讓整個漁港都接上電。」

鎮民不懂電燈的原理，可是自從搬離受到輻射汙染的房屋後，的確有不少人的身體狀況得到改善，一群人聽到黎需要幫忙便自告奮勇，表示願意協助蒐集材料。

電燈是舊時代很普遍的裝置，隨便進去任何一棟廢墟都能找到，許多人家裡原本就有照明設備，只要更換老舊素材、重新配電，照亮整個漁港並不是難事。

在眾人通力合作下，夜晚的港都熠熠生輝，漁港的居民逐漸擺脫日落休憩的生活模式。簡直是魔法師。不知是誰先開始用這個童話般的綽號稱呼黎，久而久之，大家都把黎當作擁有神祕力量的人。

某天，鎮長將黎叫到家裡作客，詢問他：「這些被你稱作電的東西，也能帶到船上去嗎？」

「可以，只要有電池就行。」

黎耐心向鎮長解釋自由電子與電位差等概念，鎮長卻直搖手說：「你說再多都沒有用，直接告訴我該怎麼做就好。」

鎮長告訴黎，有一種長滿觸手的魚很美味，但只有晚上才會出現，為了獵捕這種魚，他想在船上裝設電燈。

「你指的是烏賊吧。」

黎也聽過鎮民提及烏賊的事，吃起來富有嚼勁，營養價值也高，許多人都喜歡。

幾天後，黎帶著燈泡、發電機和自製的手電筒上船。

「要抓烏賊需要很強的亮度，我不確定自己做的燈泡夠不夠亮。」

「沒關係，你就先裝上去，等晚上我們再來測試。」

黎攀上鐵梯，替漁船牽上成串的燈泡，隨鎮長一同上船的幾個彪形大漢站在一旁監督，裡面沒有黎的熟人，全部都是鎮長的手下。

待燈泡安裝完成後，黎便待在船上等待入夜。

「你變出來的這些把戲我從來沒看人用過，你究竟是從哪裡學會的？」鎮長替黎倒了杯水，黎接過杯子，卻沒有飲用。

「我也不知道，打從有記憶以來我就會了。」

「真是不可思議。」

月光灑落，鎮長一聲吆喝，船駛離港口，往黑色的海洋前進。

「差不多到這邊就行了。」

鎮長叫黎打開電燈，燈泡亮起，男人們的影子在甲板上晃蕩。

黎抬起頭，如果只是要照明，漁船上的燈火已綽綽有餘，但要想抓烏賊，這一丁點光亮很難吸引深居於水面下的牠們。

「不行啊，果然還是太暗了。」

「不，這樣正好。」

鎮長說：「可不能讓岸上的人看到我們。」

「什麼——」

黎還沒說完，便感到有異物刺入自己的腹部。

鎮長手裡握著剖開魚腹用的刀子，刀刃的一端隱沒在黎的體內。

「要是再讓你繼續待下去，他們就會推你做鎮長了。」

鎮長說完，抽出刀子，刀刃發出白銀色的光芒。

「搞什麼……喂，你們別站在那裡，快點來幫忙。」

鎮長出聲，其他男人也抽出刀子，捅進黎的身體裡。

黎並不會感到痛苦，只覺得腹部傳來燒灼感。

「雖然很對不起阿貝，但那姑娘原本就不是你的人。」

話音一落，黎被踹進海中。

在漁港生活的日子沒有讓他的水性變好，仍和那天救起小蛤的自己沒有什麼不同。黎看著水面上的燈光漸漸離自己遠去，最終沉入大海。

4

父親告訴他，他的名字是「黎」，黎明的黎。

那天工廠來了一對奇異的訪客，父親要黎隨他前去接待兩人。黎跟在父親身後，走過布滿灰塵與機械零件的廊道，來到另一間設有窗戶的房間。

這是黎第一次親眼看見陽光。比想像中耀眼，卻不如想像中溫暖。

室內坐著一名少年與少女，父親對少年說：「你真的把她帶來了。」

「我告訴她你蒐集了不少書，她就堅持要跟過來。」

從兩人的對話聽來，父親與少年已是舊識，和少女則是初次見面。

「那麼妳想找什麼類型的書呢？」父親向少女問道。

「關於友情，特別是男人之間的，希望是這樣的故事。」

「《水滸傳》？」

「……我不是這個意思。」

少女放棄解釋，父親露出困窘的表情苦笑道：「以後我會幫妳多留意的。」

父親將預先準備好的文件袋交給少年，少年檢查完文件後點點頭說：「沒有問題。」

「那這次也麻煩你了。」

三人一同起身，相繼走出房間，父親用眼神示意黎，要他趕緊跟上。

少年推開工廠大門，一隻有兩顆頭的狗正在舔舐地上的積水，牠的屁股後面拖著一輛四輪的貨車。

這是黎第一次走出工廠，烈日灑落荒原，滾滾黃沙翻騰，即使外面的世界是如此陌生，他卻沒有感到特別驚奇。不知哪來的記憶告訴他，眼前所見，就是這麼一回事。

父親命令黎上車，黎沒有質疑父親的話，上了狗車。

「他們倆會帶你到城裡。你要在那裡應用你所學會的知識，想辦法活下去。」父親說。

黎對父親突然的決定感到錯愕，可是父親不但沒有告訴他原因，還吩咐他一離開工廠，就永遠都不可以再回來。

是，我知道了。黎回答父親，他喜歡父親，如果這麼做能讓父親開心，那他不會拒絕。

父親沒再多說，一個人默默走回工廠。狗車駛動，黎踏上旅程。

「在工廠的時候，我父親給你的那疊紙上寫什麼？」

路上，黎詢問駕車的少年，但少年沒有回話，反而是少女替他答道：「小說。」

少女正在翻閱那份文件。黎觀察少女的表情，從剛剛開始都一副撲克臉的她，似乎僅限在閱讀時面容才有所變化。

「妳很喜歡看書呢。」

少女沒想到黎會繼續跟她搭話，先是愣了一下，隨後點點頭道：「是啊，因為活著太無聊了。」

少女說為了找到失蹤的父母，自己正和擔任旅行書商的少年旅行。旅行意味著走遍世界各地，走訪百年來無人踏足過的廢墟古蹟。

「等找到父母親後，妳打算做什麼？繼續旅行嗎？」

「我想嘗試寫書。」少女說。「為什麼這麼問？」

「因為我不知道該做什麼，我連自己現在要被載往哪裡都不知道。」

他就像一頭小牛，口中不自覺哼出「多娜多娜」的旋律，那是一首他沒聽過的民謠，卻銘刻在他的記憶深層。黎不特別感到悲傷，萬一自己最後真的和送往市場的小牛一樣被宰殺，那也只能認了。

以前有句話說「百年修得同船渡，千年修得共枕眠」。既然搭上少年的狗車，便是種緣分。如此想來，往後的人生，也是冥冥中自有定數。

「我們要把你載去某個村落，那個村子離這裡很遠，要走很久的路。」

駕車的少年說那是個藏在某座山麓的偏遠農村，當地民風淳樸，物產頗豐，是適宜人居的地方。

「可惜村裡沒有人看得懂字，否則在那邊開間書店倒是滿好的。」

「父親為什麼要把我送到那裡去呢？」

「大概是希望你能協助他們過上更好的生活吧。」

「我？為什麼？」

少年的答案仍讓黎感到一頭霧水，可是聽完他的介紹後，黎開始對自己的未來生活產生憧憬。

狗車離開荒地時，太陽已經繞過半個天頂，山路上綠樹環繞，沿途蟲鳴鳥叫，豎耳傾聽彷彿還能聽見潺潺溪水聲。

黎很享受山野間的景致，覺得如此風景即便看上一輩子也不會膩。

如果手邊有相機，就能把旅途的所見所聞記下來了。一想到這裡，黎便覺得可惜。

這時，山道前方出現了一個瘦小的人影，一個穿著大豆麻袋的男孩正朝狗車揮手。

「喂！你們！快救救命啊！」

男孩需要幫助，黎正準備跳下狗車時，駕車的少年伸手制止。

「不要多管閒事。」

「莫非你打算見死不救嗎？」

「這條路有小孩子出現太奇怪了。」

少年說，數十里內沒有任何一座村莊，一直以來，這都是一條只有旅人才會踏上的山路。

黎無法認同少年的觀點，逕自跳下狗車，詢問男孩來龍去脈。

男孩說自己和父親在森林裡打獵，結果突然出現一隻不知該如何形容的生物咬傷了父親。

「那隻生物長什麼樣子？」

「就是不知道該怎麼形容啊！」

黎無視少年的呼聲，將兩人拋在後頭，跟著男孩走進森林。

「這邊這邊！爸爸就在這裡！」

林中出現一棟小木屋，一個人蜷縮在木屋前。

「先生，沒事吧？」

黎上前查看，發現那不是人，只是團捆成人形的被褥。

當頭棒喝襲來。黎感覺後腦勺受到衝擊，立刻回頭，只見一個男人手拿砍刀，正咬牙瞪著他。

「該死！失手了。」

「別鬧了，受傷的人到底在——」

話還沒說完，背後又傳來女人叫喊的聲音，黎被撲倒在地，一個拿著鐵鎚的女人正對著他的頭狂敲猛敲，黎想嘗試反抗，但四肢分別被男人和男孩牽制住，無法動彈。

黎的視野逐漸模糊，迷茫中感覺到自己的身體正被拖行。

當他恢復意識時，發現自己被關在一個獸籠裡，全身還被剝個精光。

剛才毆打他的三人正圍著他瞧，女人用戲謔般的語氣說：「這麼快就醒啦？」

「看你相貌乾淨，以為是富貴人家出來旅行，想不到身上一毛錢都沒有。」男人蹲坐在一塊石頭上，正在打磨手裡的刀刃。

「你們能放我出去嗎？」黎問道。
「放你出去當然可以，但在那之前得先告訴我你的家鄉在哪裡。」
「我已經沒有家了。」
「開什麼玩笑！問你是從哪裡來的，你難道會不知道？」
黎過去都待在工廠，如果要定義一個能稱為「家」的地方，那肯定是工廠了。可是父親已經吩咐他，不能再回去廠房……
男人逐漸失去耐心，他踹了一下獸籠，牢籠發出喀啦喀啦的聲響。
迫於無奈，黎只好報上地址，不過他並不是告訴男人工廠的位置，而是那座原本他預定要定居的村莊。
「真的有那座村莊嗎？你該不會是隨便糊弄我吧？」
「不，我也沒有親自去過，只是父親命令我要在那邊生活。」
男人搔了搔頭，仍然聽不懂黎的話。
「你們會寫字嗎？路線我已經記在腦子裡了，不如我直接告訴你們該怎麼走吧。」
「別小看人了，當然不會啊！」男人揮舞拳頭叫罵。
於是黎只好請三人去撿些樹枝燒成木炭，打算利用黑炭寫字。
「木炭也能寫字嗎？」

「你試試看就知道了。」
「你的名字是什麼？」男人問。
「黎。」
「好，那你接下來就照著我說的話寫，首先第一句——」
隔著鐵欄，黎接過男人遞來的木炭和女人拾荒撿來的紙張，開始撰寫書信。男人說，這封信是寫給村民的，他打算透過綁架黎向村民勒索錢財。
雖然黎自述沒有去過村子，但像他這種有錢人在那裡肯定有勢力——男人似乎是這麼想的。
「完成了。」
黎將書信和炭筆還給男人。由於男人的用詞粗俗，他還特別將信件內容潤飾了一番。
「那麼，給我把手伸出來。」
「怎麼了嗎？」
黎沒有多想，伸出手。男人立刻把他的手捉住，女人則拿出藏在背後的剪刀將他的手指剪下。
「把你的指頭跟衣服一起送過去，你家人才會相信我們不是鬧著玩的。」
黎看著自己的手指斷面，試著說了聲：「好痛。」
女人捧著黎的手指，正準備回木屋打包，卻突然站定原地，動也不動。
「怎麼了，還在那邊愣著幹嘛？」

「……這個人的手指不太對勁。」

女人撿起斷指，只見那根斷指仍在微微抽搐，一滴血也沒流下。

見狀，男人對黎說道：「我改變主意了，不能就這樣把你放回去。」

黎不知道男人心中的盤算，仍然被關在鐵籠裡，就這樣又過了幾天。女人偶爾會端來奇怪的肉糜給黎，但黎一口也沒吃。

「什麼都不吃會餓死的。」女人說。

「我不餓。」

「那隨便你吧。」

女人並沒有取走那盤肉，肉糜散發著腐臭，很快招來蚊蟲，蚊蠅在籠裡四處飛舞，黎仍然沒有取回衣服，自己現在這副樣子，要是被父親見到，他大概會很難過。

是嗎？

黎無法確定。

某天，新的面孔出現在森林裡，是個年過半百，臉上滿是皺紋的老頭，此外，還穿著神職人員的服裝。在男人的帶領下，老頭來到木屋，站在牢籠前仔細端詳著黎。

「真神奇，我這輩子見過不少奇人異事，可從沒有一個像他這麼古怪。」

老頭的手裡握著黎的斷肢，肯定是男人給他的。

「來，抬起手讓我看看。」
老人將手伸進牢籠，抓起黎的手腕，觀察指頭的斷面。
黎很驚訝，老人的力氣遠比外表看上去還來得大。
「連骨頭都跟別人不一樣，簡直是奇蹟。」
「是吧？」男人咧嘴笑道：「這頭怪物，你打算出多少錢？」
「淪落到你們手中真是太可惜了。」
老人語畢，一群手持砍刀的男人從草叢跳出，男人還來不及出聲，臉上的笑容甚至尚未褪去，脖子就被斬斷，瞬間丟了性命。
「不論如何，得想辦法把你帶回教團。」
無視背後女人和小孩的尖叫聲，老人笑咪咪地端起黎的下巴，臉上的皺紋糾結成一團。
眾人七手八腳扛起黎的牢檻穿過森林，山道上停著一輛小貨車，卻沒有前輪，卡車實際上是由兩匹馬所拉動。
黎被放上貨車車斗，全身纏繞著電線的馬兒往當初上山的方向前進。眼見離村莊越來越遠，難以履行父親的命令讓黎十分沮喪。
路途艱險，遲遲沒有走出山林。黎詢問身旁那個斬下男人頭顱的壯漢，對方告訴他一行人準備前往某個宗教的聖地，得翻越群山才到得了。

黎想起少年和少女，過了這麼多天，他們應該早就抵達那座村莊了。希望路上沒碰上什麼麻煩事才好——黎在心中替他們祈禱。

不久，山道開始降雨，為了盡快擺脫頭頂的烏雲，馬車加快速度，幾個隨侍在馬車旁的人跟不上腳步，就此被留在後頭。

隨著雨勢漸強，地上也變得濕滑，雨水如溪流般順著斜坡沖下，逆流而上的馬車難以前行，鐵欄外的世界雷電交加，一行人原本為了躲雨而趕路，現在反而被困在風暴中心。

忽然，一顆巨石從山坡上滾落，不偏不倚地砸中貨車，拉車的馬脫離韁繩，一路奔逃，駕駛座上的老頭和車夫被壓成肉泥，黎的牢籠也受到波及，下半身落在石頭底下，已經沒了知覺。

面對如此慘狀，黎認為自己應該要感到難過，內心卻如平靜的湖面，激不起半點漣漪。

他只能試著說了聲：「好痛。」

過了一陣子，剛才落單的人才趕上，發現黎還有氣息，眾人合力將黎救出。黎發現自己心臟以下的部位空無一物，地上留著一灘有別於雨水的濕黏液體。

「你到底……」

壯漢帶著驚懼的面容瞪著他。

「為什麼傷成這樣了，你卻還活著呢？」壯漢詢問，黎搖了搖頭，闔上雙眼，抽了抽鼻子，但無論是雨水或血水的氣味，果然什麼也聞不到。那些打在臉上的雨絲，終究無法化成淚水。

5

他的名字是黎，代表著黎明。這是父親親口告訴他的。

黎站在窗戶前，欣賞外頭的景色，黃沙滾滾，荒蕪一片，陽光灑落，卻不如他想像中溫暖。

父親正在沙發上和一名少女談話，少女正捧著一份文件讀，對於父親的話，她偶爾才會如應付般悶哼兩聲。

「那麼，請替我和書商小弟問好。」

與其說是談話，不如說是父親單方面喋喋不休。兩人結束交談，父親推開工廠大門，少女默默爬上狗車，但手腳笨拙，黎詢問是否需要幫忙，卻被少女斷然拒絕。

父親要黎也一同上車，表示少女會載他到其他城市去，要黎在陌生的環境展開新生活。

雖然感到困惑，但因為是父親的吩咐，黎並沒有質疑。

路上，黎詢問少女自己被父親趕出家門的原因。

「你不是被趕出來的。」

駕駛座上的少女放下手中的地圖，轉頭對他說道。那張地圖，是父親擔心少女迷路，特地畫給她的。

少女的名字是紫虛，根據剛才她和父親的談話來看，她並不是這輛狗車真正的主人。

「博士希望將你腦中的知識散播到世界各地，替這個世界帶來文明。」

「妳說的博士，是指我的父親嗎？」

「因為他對你有很高的期望。」

答非所問，黎聽了只覺得莫名奇妙。

不過既然父親都這麼說了，那也只能照辦，只是他也不清楚該怎麼做，說來，所謂「文明」，原本就是個抽象的概念。

「不過你也不一定要照他的話做，這本來就不是你的責任。」

狗車沿著河床形成的筆直道路前行，紫虛說村子就在不遠處。

「既然這是父親所希望的，那我就會遵照他的旨意。」

「可是在這之前，他更希望你能活下去吧？」

紫虛的話讓黎開始回想，父親與自己道別時究竟是怎麼說的？

——你要在那裡應用你所學會的知識，想辦法活下去。

——如果有人需要幫助，你就要盡可能伸出援手。

——別忘記你的名字了。

「所以在幫助別人前，你得先想辦法活下來才行。」

黎細細地咀嚼著少女的話，但他不懂活著是什麼感受。

狗車來到河川的源頭，那是山裡的一座湖泊。舉目張望，杳無人煙，怎麼看都不像有村莊存在。

「看來在我們前往的路上，地殼發生了變動。」

「不，是妳把地圖拿反了。」

黎抽走紫虛手中的地圖，發現從離開工廠後，他們就往與目的地完全相反的方向走。

「這下可傷腦筋了。」紫虛說。

天色不早了，少女提議先去和書商少年會合，少年正在某處的廢墟搜索書籍。來日若是順路，再請他送黎前往預定的村鎮。

「不用了，已經耽擱了妳不少時間，不好意思再麻煩妳。」

黎很擔心又會迷路。

「乾脆妳把父親的地圖給我，我自己去吧。」

「路途遙遠，只憑一雙腿太辛苦了。」

「我的體力還滿好的，不用擔心。」

可能是出於愧疚，紫虛好像堅持要帶黎去見書商少年，但黎不想再冒著迷路的風險，經過一番僵持，少女才肯退讓。

她略顯失望地說：「那還請你路上小心。」

告別少女後，黎再次啟程。暮色逐漸籠罩大地，黎回到熟悉的工廠時廠房已點起了燈火，黎想起父親的話，知道自己已經回不了家了，他在廠房前站了半晌才離去。

循著地圖，來到村莊所在的位置時已過了午夜，四周一片死寂，聽不見蟲鳴鳥囀。黎再次檢視地圖，確認自己沒有走錯路，這裡確實是父親指示的村莊位置。

——難道是父親搞錯了嗎？

或許父親的地圖和實際的地理位置有所誤差，如此推論，那村莊應該在附近才是。

黎放下手中的地圖，再度踏上旅程。

6

「這本書的主角名字和我一模一樣。」

而且每位「黎」也和我一樣，都誕生自父親的工廠。

我闔上書本，將它還給女人。

女人接過書本，嘟噥了一句：「還真是巧啊。」

「莫非您年輕時見過我嗎？」

「那肯定也是很久以前的事了。」

女人的嘴角勾起了淺薄，卻令人玩味的笑意。

我告訴她，我雖然喜歡旅行，但並不是一開始就下定決心要遊歷各地。起初，我只是想找到父親所說的那座村莊罷了。

「最後你找到了嗎？」女人問。

「我也不知道。」我說：「每到一個新地方，我就覺得這是父親當初要我去的村子，但待了一段時間後又不得不搬走。」

旅途中，我幫助許多人，也認識許多朋友，但友誼通常都維持不久。

我想起自己踏入店內竟忘了脫帽，匆匆摘下頭頂的遮陽帽。

「畢竟我不像你們，我不會老。」

桌鏡裡的我，有半邊臉的人造皮膚已經不堪歲月侵蝕而脫落，暴露出底下的金屬外殼和管線，油汙不停從中滲出，怎麼擦都擦不乾淨。

我知道這副面貌無法見人，所以自從身體開始破損後，我越來越少去熱鬧的大城市，開始往人煙稀少的小城村跑。

拜此所賜，我才能邂逅這間特別的書店。

離開書店前，女人詢問我未來有什麼計畫。我聳聳肩，告訴她我什麼都不想做，只想繼續旅行。

「那還請你路上小心。」

「謝謝妳，我會的。」

因為無論我多喜歡你們，本質上，我們仍然是不同的。

我想起在旅途中遇到的每一張面孔，我不希望當我需要悲傷時，卻連一滴眼淚都流不出來。

離開書店，聽見風鈴聲響起，和暖的陽光透過雲層，灑落街道。我仰起頭，像人類一樣瞇著眼睛望向藍天。

儘管這具身體的壽命近乎無限，卻脆弱無比，一旦壞了就不可能再修好，所以我必須很小心，小心別讓自己受傷。

我已經答應父親會好好活著了。

就像這個世界的人一樣，其餘都無所謂，只要能看見來日的黎明就夠了。

我的名字是黎，黎明的黎。

※關於《小徑分岔的花園》：

博爾赫斯一九四一年所著的短篇小說，並發表於一九四四年出版的《虛構集》中。該篇故事被認為以推理小說的形式，預言了量子力學的世界觀理論。

〈窗外有藍天〉（原著：愛德華．佛斯特）

1

賣書謀生並不容易。一來要從廢墟裡翻出有價值的書刊，二來要把這本書送到對的客人手中。所謂對的客人，自然是指有錢人。

幸好，判斷一個人有沒有錢比判斷一本書有沒有價值更容易。不論是市鎮的政治領袖或都城的領主，這群人無論是體表儀態或思想談吐都和大街上的老百姓不同。

因為他們掌握著「知識」。

擁有知識，便意味著能利用涵養所學改善生活。有人讀了政治學的書，而成為一國之君；有人則是靠勵志書，匯聚了眾多信徒。即使是詩歌、散文、小說，也能用於排解無聊，有慧根的人甚至能從閱讀的過程中獲得啟發。

在文明毀滅後的新時代，依靠書本獲得成功的例子比比皆是。彷彿只要讀了書，人生便能一舉飛黃騰達。

彷彿。只是彷彿而已。

因為這是假象，根深柢固的社會階級當然不會這麼輕易被翻轉。

理由是大部分的平民百姓都不識字。

不識字意味著無法閱讀，即使取得書本也毫無用處。偏偏學習文字非常耗時費力，到頭來拾獲書籍的人還是會選擇將書本變賣成金錢，換取下一餐的溫飽。

只不過，在旅途中，偶爾還是會遇到想向我學習讀書識字的人。大多都是年輕人，年輕意味著不用把現實生活的煩惱放在首位，有很多閒情逸致替那些不現實的事情傷腦筋。

「你是書商嗎？」

某天，我在城裡的餐館用餐時，一個少年主動向我搭話。

年約十二三歲的少年穿著破舊，臉上沾著泥巴，臉上掛著憨厚的笑容，笑容中還缺了顆門牙。典型的農村小孩形象。

沒等我回答，少年接著說：「我剛才聽到你跟老板在講話，好像提到書和城主大人什麼的。」

「不是城主大人，是城主。」我說：「有什麼事嗎？」

「我想請你幫我找一本書。」

少年首先自我介紹，他的名字是于頭，在城外的農田替城主工作。

「芋頭？」
「是于頭。」
「書名是？」
「不知道。」
「『不知道』是書名還是你不知道？」
「我不知道。」
「那至少告訴我是什麼類型的書吧。」
「我不曉得。」
我決定不理少年，繼續吃飯。
剛煮好的白米飯，配上用鹽巴調味過的青菜，是一頓非常豐盛的午餐。
說來奇怪，走訪各地，我到過不少城鎮村落，但旅途中能吃到真正白米的機會少之又少。大多數穀物都五顏六色，跟彩虹一樣，若不是沒得選擇，真不知道這種東西吃多了會不會對身體造成危害。
「喂！聽我說完啦，不會麻煩你的！我保證！」
于頭對我的袖子又扯又拉。如果這樣還不算麻煩，那我真不知道什麼才叫麻煩了。
「你們這些賣書的都會跑到城外去翻書吧？告訴你，我知道有個地方有很多書喔。」

我放下手中的湯匙。
「你說的那本書總有什麼特徵吧？」
「說特徵……我也不知道該怎麼形容，只記得封面有畫一些植物，不過我知道那本書在哪裡，可以帶你去看。」
「既然你都知道在哪裡了，為什麼不自己去拿呢？」
「因為那是別人的書。」
「你如果想找人幫你偷書，還是另謀高就吧。」
「我沒有要你偷！我只是想請你幫我弄一本一樣的書。」
「你看得懂文字嗎？」
「啊……」
聽見我的問題，于頭愣住了。
「如果看不懂，就算拿到書也沒用，連賣都賣不掉，一本書的價值只有書商最清楚。」
「看不懂的話，你可以唸給我聽啊，我只要知道那本書在講什麼就好。」
「我憑什麼要唸給你聽……」
「那個地方的書啊，全部堆起來搞不好連城主大人家都塞不下呢！可惜一直沒人把它們搬走，要是繼續放在那裡發霉就太可惜了！」

真是人不可貌相。這小鬼明明長得憨厚老實，卻十分狡猾。

「所以你說的那本書在哪裡？」

吃完午餐後，我和于頭一齊步出餐館。這是座繁榮的市鎮，街道上群眾熙來攘往，十分熱鬧。不管是偏遠山區的小村或是人口龐大的都城，幾乎都能看見窮苦人家沿街行乞，然而如此光景並沒有出現在這座城市中。

例如我身旁的于頭，明明只是個農奴少年，四肢的肌肉卻很結實。

那不僅是長年勞務淬鍊的結果，同時也是營養狀況良好的證明。我想起剛才在餐館吃到的那碗白飯，確實是我這陣子以來吃過最好的一餐。

一座物產豐饒的城鎮。

于頭告訴我，他想找的書就在城主家裡。

由於旅行書商等同知識的傳播者，所以只要是有長腦子的村鎮領袖都會歡迎我們的到來。麻煩的是，我不知道于頭要的書長什麼樣子，終究還是得靠他指認才行。

如何把他帶進城主家是個問題。再說，就算真的把他弄進去了，又要如何找到那本書呢？總不可能叫城主把他家的書櫃給我們看。因為書櫃裡的書，象徵持有者掌握了多少知識，所以許多人相當注重書櫃的隱私。此外，若是私藏的寫真集被發現也很尷尬。

該怎麼辦呢？

左思右想，最後我還是抱持著船到橋頭自然直的心態，來到城主的宅院前。

與市中心的距離稍遠，那是一棟以舊時代的水泥廢墟為基底，重新用木頭與岩石等材料裝修而成的三層樓建築。

以城主的房子而言不算奢侈，但也不寒酸。穿過鏽蝕的鐵門便是前院，有園丁正在修剪花草。

我和于頭走過破敗的石板道路，來到宅邸大門前。門鈴的按鈕凹陷進牆內，上面貼著膠布，已經無法使用。

「直接敲門就行了吧？」我問道。實際上是自言自語，畢竟于頭從來沒有機會踏入城主家。

舉起手，握拳，敲敲門。

等了一會兒，門開了，不過只透出一個小縫，門縫中有半張臉，是個年老的男性。

「是老爺的客人嗎？」

「是……」我向應該是管家的老先生表明來意，告訴他我是來推銷書籍的。

老人聽完，又將門稍微拉開了些，露出半個身子。

「原來是書商大人。」

聽管家的口氣，就可以知道書商在這座城市是備受禮遇的，著實令我安心不少。

「可惜很不巧，老爺正在接待客人，暫時抽不出身。」老人報上了幾個沒聽過的名字，于頭咬耳朵告訴我，那些人都是城裡的小地主。

老人繼續說道：「小姐即將成年，許多事情得交辦給她。可否請您過一陣子再來呢？」
「不好意思，打擾了。」
老人欠身後，門板再度闔上。
我和于頭離開大門，步出宅邸庭院。
「改天再來也可以，我暫時不打算離開這座城市。」
出了這座城，恐怕就吃不到正常的飯了，我想趁這段期間好好讓味蕾記住白米飯的味道。
「不，見不到城主大人也沒關係……因為那本書八成不在他手上。」于頭回道。
「這種事情你一開始就該說清楚。」
「因、因為我想說難得有機會混進城主大人家看看嘛！」
于頭說，他常看到城主的女兒捧著那本書讀，認為那應該是大小姐的書。
「結果還是要想辦法進去城主家嘛。」
而且目標還是小姐的閨房，怎麼想都更不容易。
「這倒是不必……我知道有個地方能見到小姐。」
說完，于頭便拉著我繞到宅邸後方。
那是一座與城主家接壤的公園，中間只隔著與肩同高的鐵製圍欄。有正在餵鴿子的婦人，也有互相丟石頭嬉戲的小孩，還有正捧著兒童繪本細細鑑賞的老紳士。

我來到鐵欄前，宅邸後院一覽無遺。

這裡與前院一樣，也經過專人打點，所以看起來明亮整潔，草皮呈現青翠的綠色。兩張塑膠椅被放在遮陽傘下，是個喝下午茶的好地方。

「露西常常會來後院看書。」于頭說。

「露西是城主女兒的名字嗎？」

「嗯。等她出現後，你幫我注意一下她手上的書是什麼名字。」

我和于頭找了張長凳坐下來。于頭負責注意露西的動向，而我因為無聊，只好看人餵鴿子。

這座城裡的人竟然拿胚芽米來餵鴿子，糧食真的有充足到這種程度嗎？我腦中想著無關緊要的事，一邊等待大小姐出現。

不知是不是我的錯覺，總覺得公園裡聚集越來越多人，而且大多是十幾二十歲的年輕男性。

「喂，于頭，你又在這裡摸魚了。」

聽見有人在叫于頭，我回過頭，看見一個和我年紀差不多的少年正站在于頭面前。

「我今天休假啊，班長。」

「每天都肖想著城主大人的女兒，你真是……真是──」

「癩蝦蟆想吃天鵝肉？」我隨口回道。

「對！就是這個意思。」被稱為班長的少年接著說：「勸你還是早點死了這條心吧，小姐是不會看上你這種人的！」
「這、這次不一樣，我已經找到幫手了！」
「幫手？你是說這個小鬼嗎？」少年用懷疑的眼神打量著我。
被小鬼稱作小鬼還真是讓人不爽。
「他可不是普通的小鬼，他是旅行書商。」
「書商？真的假的？」少年睜大眼睛。「你是怎麼勾搭上這麼厲害的人的？」
我決定暫且保持沉默。
「他在鈴薯伯的餐館吃飯，我剛好聽到他在打聽城主大人的事，就順勢拜託他幫我找找露西手上的書。」
「你該不會是想要偷學城主大人的知識吧？如果被發現了，那可是死罪喔。」
「是沒有這個打算啦……只是單純好奇而已。」
「哼，最好別給我動什麼歪腦筋。」
「班長才是咧！這個時間不待在田裡，跑來這裡做什麼？該不會也是來看露西的吧？」
「是又怎麼樣？我跟你這滿腦邪念的小子不一樣，我們是用崇敬的態度來看待小姐的。」
「你說什麼！」
「不要吵架嘛。」

眼見兩人起衝突，我只好跳出來打圓場。

「如果只是想欣賞美女，我車上有幾本寫真集正好要賣，要不要考慮一下？」

「寫真集？」

兩人都對這個詞彙感到陌生，我只好告訴他們就是有許多穿著清涼的女孩子圖片的刊物。

「「不是那個意思！」」兩人異口同聲說道。

在我們閒聊時，人群突然傳來騷動。

往後院看去，才發現有個女人正推著名為「輪椅」的舊時代發明，從宅邸走出來。

我突然明白為何公園前會聚集那麼多人了。

輪椅上坐著一名美麗的少女。

雖然如此形容極其浮濫，可是卻沒有更精準的形容詞了。衣物包裹著玲瓏有緻的身材與白皙的肌膚，以及那精緻的面容，就好像一尊陶瓷娃娃般迷人。

女人——應該是女僕，推著少女來到遮陽傘下。

少女的年紀，目測不過十六歲。穿著綠色的及膝裙和襯衫，腿上放著一本書，那肯定就是我的目標。

「露西小姐！」「我今天也來看您了，露西小姐。」「露西小姐，為了妳，我每天都很努力工作！」

男人們的叫喚聲此起彼落。
而輪椅上的露西小姐聽到聲音，也微笑著朝他們揮了揮手。
「只要看到露西小姐的笑容，一天的疲勞就不見了呢。」「好了好了，該回田裡繼續打拚了。」
少年說得沒錯，僅僅是看一眼小姐的面容，大家就滿足了。
與其說露西是大家心儀的對象，不如說是偶像。這群人簡直單純到有點怪異的程度。
「喂，于頭，你如果看夠了就快滾，不要在這邊打擾露西小姐學習。」
班長少年抛下這句話，也跟著其他男人離開了。
「要你管喔！」
于頭朝離去的少年吐舌，接著轉身問我：「怎麼樣？看得見露西手上的書叫什麼名字嗎？」
「我又不是從小生長在青藏高原。」
「什麼高原？」
少年聽不懂我的笑話，我只好改口道：「太遠了，我看不到。」
「好吧，那等我一下。」
等待照料小姐的女僕暫時抽身後，于頭大聲朝院子喊道：「露西！我來看妳了！」
「于頭？」
露西放下手中的書，抬起頭望著我們的方向，接著又慌張地左顧右盼。

于頭再度喊道：「不用擔心，斯康小姐暫時離開了。」
原以為露西不良於行，沒想到她卻從輪椅站起身，踩著不穩的腳步朝我們走來。
那本書被她夾在腋窩下。
「露西，可以讓我看一下妳手上那本書嗎？」
「啊……好的。」
露西雙手握著書，將它立在我們面前。
「抱歉，我想看的是封面。」我出聲提醒。
「啊！對不起！」
可能是因為太緊張，不僅搞錯封面封底，連整本書都被她拿反了。
「這樣就行了，謝謝。」
「那個，不好意思，請問你是？」露西問。
「他是我請來的書商。」于頭代替我回道：「我拜託他告訴我妳手上那本書的內容，我也想讀懂那本書。」
「這樣啊……」露西朝我苦笑。「那還真是辛苦你了，畢竟于頭一個字也認不得。」
「不要取笑我嘛！」
我知道少女是于頭傾心的對象，可是兩人的年紀和互動與其說是戀人，更像是對姊弟。

「對了，露西，剛才聽老管家說妳的生日快到了是嗎？」
「嗯，所以最近家裡很多客人，要一一跟他們打招呼很累。」
幾天前，城裡負責算日期的人跑來城主家，告知其獨生女即將滿十六歲的事。在這座城市裡，對成年的定義好像是十六歲，所以一旦滿十六歲，露西就得接下統領城市的責任。
「至少妳還有時間跑出來看書嘛。」
「再忙也不能不讀書啊！」
原本我就被少女的面容所吸引，現在更是對這位年輕的城主小姐充滿好感。愛書的人不會是壞人（除了師傅），一直以來我都是如此堅信著。
最後我們趕在女僕回來前和露西道別，少女一拐一拐地走回遮陽傘下，若無其事地翻開書本，繼續讀書。
「這就是露西。」于頭用猶如介紹自己家人般的口吻說。
我點頭道：「不僅長相漂亮，個性也很不錯，難怪大家都喜歡她。」
「畢竟是城主大人的女兒嘛，大家喜歡她也是理所當然的。」
「是嗎？」
在書商生涯中，我去過不少城鎮，而我所知道的平民百姓，對待貴族豪強可不是這種態度。
「大哥，你應該有發現我們這裡的人都吃得不錯吧？至少跟其他城鎮比，沒有人需要餓肚子。」

確實，光是有人會拿米粒餵鴿子就很不可思議了。在糧食匱乏的地方，一杯米可是能換到一本書的。

「這都是拜城主大人所賜。城主大人用書中得來的知識，讓我們種出來的稻米連年豐收，就算給整個城裡的人吃都吃不完，甚至還能賣到其他地方去。」

于頭接著說：「所以露西才每天都得看書，因為她將來得繼承城主大人，所以必須在成年前把種田的知識都記下來才行。」

看來城主在這座城市的統治權是建立在為人民帶來溫飽的功勞上。而且聽于頭的意思，他似乎認為露西剛才讀的書，是有關農業方面的典籍，所以班長少年才會阻止他委託我找書，為的就是避免他僭越農奴身分，威脅到城主的地位。

不過很遺憾，少女所持有的書本並不是什麼實用的工具書。

那是本小說。

「書名是《窗外有藍天》。」

當少年詢問我書名時，我如實回答他。

「……小說？」

「就是講述故事的書。雖然偶爾會有知識在裡面，不過那不是重點，小說的劇情比較重要。」

「所以露西一直以來讀的都是那本書？」

「如果沒有其他本封面類似的書，那大概就是這樣。」

此外，還有一件令我納悶的事。

「那本書是上集。」

「上集？」少年再次問道。

「就是一部故事被拆成兩本書販售。有上集通常會有下集，要是故事很長可能還會分為上、中、下冊。」

「是嗎……」

我好奇的是，那本小說並不厚，照理來說很快就能讀完，但聽于頭轉述，露西光是上冊就花了很多時間讀。是因為對文字還不夠熟悉嗎？

無論如何，做生意要緊。

我接著說道：「怎麼樣？你要委託我訂書嗎？當然兩本的價格會比較貴，但也不是不能幫你打折。」

「咦？還要付錢嗎？我們不是說好你幫我找書，我就跟你講哪裡有很多書嗎？」

「是啊，我會幫你找，但找到了你總得買下它吧？」

「太卑鄙了……我、我根本沒有錢啊！」

「不用這麼緊張，把你家多的米分一些給我就好了。」

我很喜歡白米飯，想在旅途上多煮一些來吃。
「這有什麼問題！早說嘛！」于頭拍拍胸脯，鬆了口氣。
「不過勸你不要高興太早，有可能那本書早就失傳，露西手中的，說不定是全世界最後一本。」
「應該不會……露西跟我說過，那本書是她爸媽從一個有很多書的地方拿的，我想同樣的書肯定不只一本。」
「你說很多書的地方，該不會就是——」
「嗯，跟我要告訴你的是同個地點。」
果然是狡猾的少年，他從一開始就打算叫我去廢墟裡替他翻書了。事到如今，我也無法拒絕。知道某個地方藏有大量典籍卻不去搜索，愧對書商的靈魂。
擔心只憑口述會找不到路，我請于頭和我一起回到旅館，從行李中拿出紙筆交給他，要他替我畫張地圖。
「我從來沒握過筆呢，現在卻用它來畫圖，感覺真奇妙。」
于頭一邊和我閒聊一邊畫圖，不久，他將畫好的地圖給我。
「上面圈起來的地方就是了。」
看來藏書的地點位在離城市不遠的廢墟群中。
「那一帶都是些空屋，沒什麼人會去，可能有危險。」

「有冒險才有收穫。」

我抬起頭，往窗外望去，太陽落於天頂的西側，此時如果動身前往廢墟，日落前可能趕不回來。

嗯……雖然猶豫，但一想到有許多書正在等待我將它們娶回家，便感到寢食難安。

不管了，先去看看吧。那裡離城市很近，我也有小二子相隨，就算真的不幸碰到危險，應該也不難脫身。

說服自己抱持樂觀的想法，我坐上狗車，和于頭在旅館前分開，往鄰近的廢墟群邁進。

2

小二子跨過傾倒的紅綠燈，行走在雜草叢生的柏油路上。

廢墟群裡不乏數十公尺高的大樓，過了數十或是數百年，如今都顯得搖搖欲墜，這些灰色的人造屏障遮住了半邊藍天，彷彿又讓落日前的時間走得更快了些。

我和小二子循著于頭的地圖，穿梭於街道與住宅間。儘管細想便會發現這是筆奇怪的交易，可是在見到他口中那座藏書的寶庫前，我不會放棄。

「就是這裡吧。」

我讓小二子停下來，再次對照手中的地圖。

看到小學之後再走兩個街口，鄰近醫院遺址，門口停著一輛廢棄的白色轎車……所有特徵都吻合，就是這裡沒錯了。

一座四層樓高的建築，水泥外牆上貼有紅磁磚裝飾，當然，如今大部分的磁磚都已經剝落了。入口處的門楣寫著幾個大字：「市立」「圖」「館」

難怪于頭會說這裡面有很多書，畢竟這是座圖書館——只不過「書」字不見了。

當然，現在還不能高興太早。

我下了狗車，來到圖書館大門前，或者說，原本應該是大門的地方。玻璃碎裂，只剩下門框而已。舊時代的人類好像很喜歡用玻璃當作建材，殊不知它根本禁不起漫長歲月的考驗。

我跨過門框，率先出現在眼前的是圖書館的櫃檯。黑色的皮製坐椅上滿是黴斑與灰塵，桌上擺著一臺電腦，但只有外殼，裡面的電子零件早已不翼而飛。

一棟大房子晾在這裡，多年來肯定被不少拾荒者洗劫過。拾荒者就算了，要是碰到書商同行，那大概會被搬得一本書都不剩。

事實證明，我的預想猜對了一半。書架上並非沒有書，但卻不是真正的書籍。

「這些都是報紙吧……」

我隨手拿起一疊印著油墨的紙，以前人用它來記錄一天發生的大小事。這份報紙上印著「二〇二二年十二月二十五日」。

除此之外，類似的刊物還有好幾份，綑成一疊又一疊堆在書架上。雖然報紙用來了解過去人類文明的發展很方便，可是訊息多半很瑣碎，沒有實質效益，所以很少人願意收購。

我往圖書館內部走去，室內漆黑，幾縷光線透過窗戶照射進來，塵埃在寧靜的空間裡漂浮若雪。羅列在左右兩側的書櫃多半都已空無一物，偶爾能發現幾本書孤零零地被留在架上，翻開一看才發現破損嚴重，早已無法閱讀。

爬上二樓、三樓，直到四樓都是一樣的狀況，至於通往地下室的路則被淹沒在瓦礫堆中。

于頭並沒有說謊，如果把那些報章雜誌和殘缺的書本算進去，圖書館內依然有很龐大的藏書量，只不過那和我預想中的「書」不一樣。

我想找的，是摸得到書脊，看得到封面的作者名，還有背後條碼的真正書籍，顯然那些書早就被其他捷足先登的書商搬光了。

我來到圖書館的閱覽區，坐在腐朽的木椅上重新整理情緒。

這並不是什麼大不了的事，不過是搜了一棟空廢墟罷了。對旅行書商而言，空手而歸才是常態。我如此安慰自己，同時還看見地上有生火的痕跡與紙屑殘渣。

是拾荒者嗎？大概是把這裡當作自己家了。

放眼望去，才發現閱覽室的角落堆著餐具與衣物等生活用品。

難道我在不知情的狀況下誤闖了某人的家嗎？

我撿起那些擱在櫃子上的衣服，卻被棉絮灰塵嗆得鼻子發癢。不僅如此，碗盤和茶具……所有器具彷彿都已經許久沒人使用了。

如果住在這裡的人搬走了，照理來說這些雜物應該也會一併帶走才是。

這時，我注意到地上有黑色的汙漬。汙漬一路拖行，消失在閱覽室的深處。

我想我認得那道汙漬。

是血。

已經乾掉的血液，因為沒有人清理，變成黑色的痕跡。如果用油燈照亮，還能看見包裹在血塊中的點點唐紅，顯然衣物的主人凶多吉少。

我循著血跡繼續深入。

或許是心理作用，但感覺一直有股冷風灌進偌大而靜謐的閱覽室內。

血跡最後停在一座書架前。

我提起油燈，照亮角落，沒有發現任何遺體，使得血跡中斷的位置顯得不自然。

那座書架，在從上面數來第四層的位置放了一排書，除此之外和其他書架一樣，什麼也沒有。

書架上的書正是于頭在尋找的《窗外有藍天》。

一共十三本，全部都是同一本書。都是下冊，沒有上冊。

慶幸的同時，也感到納悶。照理來說，不可能有書商只取走上冊不拿下冊，就算下冊的數量比上冊多，頂多也是多個兩三本。這裡是圖書館，又不是印刷廠。

我拿起其中一本，發現書櫃後方有個金屬色澤東西正在閃閃發亮。

推開其餘的書，我這才明白——那是門把。

十三本《窗外有藍天》都是為了隱藏這扇門才被擺在這裡。

費了一點功夫，我才移開書架。隱藏的密門漆成和牆壁一樣的顏色，即使沒有書櫃掩護，一不留神也很容易忽略。

拉下門把，門後是一道狹窄的樓梯，灰色的水泥牆和暴露的管線，與破舊但裝修典雅的圖書館完全不一樣。

在油燈的照明下，我緩緩步下樓梯。

來到底層，看見一扇厚重的安全門，樓梯下的空間還堆著手推車等雜物。

推開門，地下室的盡頭似乎泛著亮光，但不足以照亮我眼前的道路，我提起油燈，才發現自己來到另一個與地表迥然不同的奇異空間。

書，到處都是書。

堆積成塔、成山的書本幾乎填滿了室內所有空間。

那是無盡書海構成的迷宮。對我而言，這是宛若夢境般的情景。

圖書館內的書並沒有被拾荒者或其他書商一掃而空，而是早在這之前就先被搬到地下室了。

我小心翼翼地跨過地上的書，穿梭在書堆中。

不管是小說、傳記、散文、詩集、工具書，甚至是漫畫，各種類型的書一應俱全。

我隨手挑了幾本書翻閱，發現每本書的保存狀況都相當良好——至少完整無汙損或缺頁。

突然有種想在圖書館內尖叫狂吼的衝動。

回想起自從成為旅行書商，即使生活中偶爾會有值得開心的事，但還是以不愉快的回憶居多。理由是因為我很貧窮，每天都得煩惱下一頓飯的著落。可是，如今我卻身處在千萬本書當中。這麼多的書，一輩子都看不完。如果把它們賣掉，除非世界末日，否則永遠都不愁吃穿了……

我拉開肩上的書包，想從架上隨便抓幾本書扔進包包裡，卻發現自己的雙手依然克制不住地顫抖著。

我撫著胸口，心臟跳得好快，幾乎隨時會炸開胸膛般的劇烈。

冷靜！我賞了自己一巴掌，但此時連疼痛都讓人想發笑。我也確實這麼做了，哇哈哈哈。

有句話說樂極生悲，說不定下一秒我就會因為莫名的理由丟了性命。啊不，管他的，這輩子能看到這種情景，我已經沒有遺憾了。就算這時候突然冒出一位神明大人告訴我世界要毀滅了也無所謂。

還是說，我其實在前往圖書館的路上早就已經掛了呢？所以死後來到書的天堂，雖然我並沒有信仰舊時代的神明，不過人死掉總是要有個去處吧？我這一生還沒做過什麼壞事，實在沒理由下地獄，所以肯定是去天堂沒錯了。

所謂的天堂應該有很多很棒很酷很炫的事物，對我來說，很炫很酷很棒的事物肯定就是書本沒錯，所以這裡肯定是天堂吧。為了獎勵我一生對保存典籍的貢獻，所以書之神才會賞賜我死後來到書之天堂的機會，一定是這樣沒錯。

總覺得這些書正在侵蝕我的理性。

我決定先繞一圈看看，待會再來挑也不遲。再說，我並沒有忘記剛走進書庫時深處泛起的亮光。

沒錯，得先搞清楚狀況才行……

我循著燈光，逐漸靠近，來到書庫的盡頭。

那裡有張書桌，光源來自桌上的一盞蠟燭，一旁還放著打火機。

此外，燭台旁擱著紙筆，我不疑有他，將那張紙拿起來閱讀。

紙上用不算工整的字體寫著：

阿嵐將舌頭探入楓的唇瓣間，兩人的唾液交纏，楓感受到阿嵐正飢渴地索求著他。他沒有反抗，任阿嵐跨坐到自己身上，隨著阿嵐的手指在自己的胸前遊走、撫弄，楓也感受到股間的硬挺正摩擦著阿嵐的……

我想看到這邊就夠了。

雖然我不是很明白這篇故事的涵義，但這似乎是一部小說。從被擱在一旁的鉛筆看來，不久前有人正坐在書桌前抄寫這部小說的內文。令人納悶的是，桌上並沒有看見其他書，那個人肯定把原著一同帶走了。

這時，背後傳來陌生的氣息。

我側過身，一個不明物體從我眼前飛過，砸中我身後的牆面。

定睛一看，那是一本書，依厚度判斷，肯定是字典。

「你是誰？」

屬於少女的清澈嗓音傳來，黑暗中隱約可見一個嬌小的影子。

「是爸爸媽媽派來的人嗎？」

直覺判斷，聲音的主人應該是這座圖書館的居民。

「不，我……」

正要解釋，又一本書飛來，砸中我的腹部，不過力道不強，我咕噥了一聲，便把書撿起，拍掉上頭的灰塵。

「不要這樣扔書，內頁很容易散掉。」

聲音無視我的話，以不帶任何感情的口氣問道：「你剛剛看了吧？」

「看了什麼？」

「……我的小說。」

「妳的小說？」我追問道。

「那是妳寫的？」

「對。」少女說：「隨便把別人的小說拿起來讀很失禮，所以我才會拿字典丟你。」

「原來妳是介意這件事，真對不起。」

幸好不是因為我貿然闖入書庫才攻擊我。

或許是我的道歉奏效，少女漸漸放下戒心，從黑暗中走出來。

「啊……」

情緒仍處在亢奮中的我不自覺發出乾咳。

那是個容貌端莊的少女，不過氣質卻和露西完全不一樣。

對比平易近人、笑容可掬的城主家大小姐，面無表情的少女反而散發難以接近的氣場。

我喜歡《哈姆雷特》，如果要描述得更具體一些，她讓我想起歐菲莉亞投水自盡後不久的模樣。

這已經是我能想到最好的讚美了。

「所以你是爸爸媽媽派來的人嗎？」少女再次問道。

「不……」我搔了搔頭：「話說回來，妳還真是可愛。」
「……」
少女沉默了三秒，輕輕皺起眉頭。
「……你對每個人都是這麼說的嗎？」
「不，我只是太興奮了，興奮到有點胡言亂語。從我的表情可能看不出來，但是我現在非常開心。」
少女再度陷入沉默。
或許是受到輻射變異的影響，那一頭長髮被染成不自然的雪白色。
最後她嘆了口氣說：「不管你有什麼企圖，**外貌都只是用來蓋住缺點的面紗。**」
「我不是說長相，我是指寫書這件事。」
彷彿要刻意強調般，我忍不住又複誦了一次。
「真的非常可愛。」
「……你真是討人厭。」
少女的臉蛋立刻染上一層嫣紅。
為了化解尷尬，我補上一句：「話說回來，這是巴爾札克說的吧？」
「你知道巴爾札克？」

「嗯，我讀過他的書。」

少女看起來很意外。我趁勢向他自我介紹，告訴她我是一名旅行書商，正遊走於廢土，尋找失落的典籍。

聽完我的解釋後，少女語帶猶疑地問：「這和拾荒者有什麼不同？」

「當然不同，拾荒者就是社會上的寄生蟲，我們可是引領人類文明發展的火炬。」

「火炬啊……」

她瞥了一眼桌上的燭台。

「聽起來是滿了不起的。」

「妳呢？妳為什麼一個人待在這裡？」

除此之外，少女剛才還說桌上那篇故事是她寫的，這點也十分令人在意。

據我所知，這個世界上應該沒有人會寫書了，所以我才會認為這個玩笑滑稽得可愛。

「這裡是我家。」

少女的回答十分簡短。

「那樓上的那些衣服也——」

「應該也是我的。」

「所以說妳住在圖書館……不對，我還不知道妳的名字呢，有名字嗎？」

「紫虛。」少女說：「紫色的紫，虛實的虛。」

通常一個人的成長背景、出身高低，可以從他的名字判斷。

紫虛這個名字，雖然跟「于頭」或「鈴薯」不一樣，但也和「露西」或「威廉」相去甚遠。

靈感來源應該是某個我不知道的典故。

「我從小就和父母親住在這座圖書館。」

紫虛說，似乎是因為祖先曾擔任過這裡的館長。

雖然是個莫名其妙的理由，卻也拜此所賜，家族世代都有學習文字的習慣。每天被書本環繞，用餐、睡覺都在書裡度過，紫虛眼中稀鬆平常的日常，卻讓我十分羨慕。

「既然如此，妳為什麼要搬到地下室呢？」我問道。

「因為被攻擊了。」

「被攻擊？」

「圖書館被拾荒者攻擊了。」

「這……」

我想起進入地下室前看見的血跡。

那些血跡，還有衣物上的灰塵……事故發生的那天，距離現在應該有段時日了。

住在這不見光的地下室也不知日升月落，即使詢問紫虛在書庫生活了多久，她大概也不知道。

不過……拾荒者為什麼要掠奪圖書館？書本對他們而言應該只是垃圾才對。知曉書籍價值的人，只有書商而已，除非那群拾荒者其實是——

「然後妳就躲到書庫裡了？妳爸媽呢？」

「他們留在外面。」

所謂外面就是指閱覽室吧。

紫虛的父母親打算獨自對抗拾荒者嗎？從那些血跡看來，結果已經很明顯了。

「『除非有人找到妳，否則絕對不能跑出去』，我記得這是媽媽最後跟我說的。」

「所以妳才會問我是不是爸媽派來的人？」

紫虛點點頭。

「很遺憾，我根本不認識他們。」

「不過你的確是找到我的人沒錯。」

「咦？」

「我不知道你是怎麼進來的，往閱覽室的那扇門我一直都打不開。」紫虛側過頭，望著我來的方向說道。

「因為外側被書櫃堵住了，應該是妳父母怕妳被那些人找到才這麼做。」

「這樣啊……」

她垂下眼簾，輕聲說道：「其實我原本已經做好在這裡生活一輩子的覺悟了。」

接著她抬起頭，雙眼注視著我說道：「現在我改變主意了。你剛剛說自己是旅行書商，對吧？」

「……是沒錯。」

「架上的書我都讀完了，可以全部送你。作為交換，我希望你能帶我一起旅行——」

「什麼？」

從見到少女開始，我就一直在煩惱要如何說服她把書給我。我並沒有打算不勞而獲，既然圖書館是屬於紫盧一家的，那支付相應的報酬給她也是理所當然。

我從沒想過自己能夠免費拿到這些書，從來沒有，不過紫盧的確是這麼說的。

——可以全部送你。

意味著在我點頭答應的瞬間，整間地下書庫都是屬於我的東西。

我沒有拒絕的理由，找不到拒絕的理由，不如說就算要我去死我也願意。

我朝紫盧伸出手，象徵這筆交易談成。

接著，我感到一陣暈眩。

砰！

聽見自己倒地的聲音，眼前陷入一片黑暗。

3

油墨的氣味。

我抽了抽鼻子，混在其中的灰塵讓我打了個噴嚏。

「醒了嗎？」

睜開眼睛，我發現自己還身在書庫裡，慶幸這一切不是場夢。

少女正坐在書桌前的椅子上俯視著我。我還記得她的名字是紫虛。

她將桌上已經開封的罐頭遞給我，說道：「給你，先吃點東西，不然又要餓昏了。」

「不，我才剛吃飽……」

我揉著自己的腦袋，暈倒時的衝擊讓我的額頭腫了個包。

「只是太高興了，所以才會暈倒。」

「原來高興也會暈倒嗎？」

「這個症狀只會出現在窮人身上。」

「現在呢？」

「好多了。」

已經待在書庫裡好一陣子，對比初來乍到時的醜態，我已經冷靜許多。

不過就是一堆書而已，沒什麼了不起的。我如此說服自己。

心臟還是跳得很快。

「那麼，」我清了清喉嚨，重整思緒。「妳剛剛說要帶妳旅行是怎麼回事？」

「字面上的意思。」紫虛說：「帶我旅行，協助我找到爸爸媽媽。」

「我昏迷的這段期間，妳上去地表看過了嗎？」

「去過了，可是沒看到他們。家具倒是沒什麼變化，但積了很多灰塵。」

紫虛好像誤會我的意思了。

既然她已經去過閱覽室，那肯定有注意到地上的血痕。

巨大的出血量形成難以抹滅的血跡，不管怎樣都無法忽視。

過了這麼長的時間，她爸媽當然不在了。那怕是遺體也好，或許都早已腐朽，被野獸或其他拾荒者處理掉了。

「我剛剛的提議，你接受嗎？」

不過紫虛卻選擇視而不見。

「妳看我剛才的反應就知道了。倒是妳，不擔心我是壞人嗎？」

「就算你是壞人也沒關係，只要不是會傷害我的壞人就行。」

我看見她的臉上泛起了淺淺的笑意。

於是，這次換我握住她伸來的手。

「我明白了。那我只有一個條件。」我說。

「什麼條件？」

「旅途中要去哪裡由我決定，我可能會常常跑去廢墟裡翻書，大概會有點危險。」

我不可能把話說得太直白，但我不想為了陪她找兩個死人而耗上一輩子的時間。

我還想找書、看書、賣書，那才是我身為書商應該做的。

紫虛想了一下，問道：「……不是已經有這些書了嗎？為什麼還要去廢墟找書？」

「我不打算賣掉它們，至少沒有打算全部賣掉。」

我告訴紫虛，我只會從中挑幾本書，用來支付她的旅費和一些日常開銷。至於剩下的就留在書庫裡，等哪天盤纏用罄再回來取書。

「我可不希望哪天妳父母回來，發現圖書館裡一本書也不剩。」我說。

「真不像商人會說的話，我以為你們都很貪心。」

「因為妳只認識書裡的商人。」

不過她的確沒有說錯，故事裡的商人跟現實世界的商人沒什麼兩樣，到現在我心底還是希望能將書庫占為己有，只是這麼一來，就變得跟師傅沒兩樣了。

無論如何都不能變成我討厭的大人，這是我成為書商的初衷。

於是，我和少女達成協議。答應帶她旅行，尋找失蹤的父母。

我有信心，直到她放棄，書庫裡的書肯定都還賣不完。至於現在，還是先找書要緊。

就算書庫裡有成千上萬本書，但要找到有價值又有市場的書終究不容易。此外，由於每次賣書前我都會先看過一遍，所以我想找些自己也會感興趣的書，好排解旅途中的無聊。

「妳剛才說，這間圖書館裡的書妳都看完了，是真的嗎？」

翻書的同時，我向紫虛隨口問道。她正在書桌前整理行李。

少女保持沉默，於是我又問了一次。

「真的全部看完了？」

「這只是誇飾。」她略顯不耐地說。「不過我的確把想讀的書都看完了，剩下的就算不看也沒關係。」

「這麼長的時間，妳是怎麼活下來的？」

「爸爸媽媽囤積了很多罐頭。」

紫虛的父母親以前常去城裡做生意，經濟狀況比起絕大多數家庭都來得好。這也難怪，一家人都讀得懂文字，又收藏了如此巨量的藏書，要餓死很難。

我順勢詢問她如何解決飲用水和生理問題。

她告訴我書庫會漏水，每當外面傳來雨聲，她就會從水管接水。除此之外地下室也有廁所，只要用流進室內的砂土和垃圾掩埋穢物就好。
對於我的疑問，她幾乎是有問必答。
我也因此得知，就算是過去父母都還在身邊的日子，紫虛也從未離開過圖書館。
她每天只做一件事，那就是看書。
即使是自詡熱愛書本的我，也很難想像從早到晚都在讀書的生活。
「不過書總有看完的一天。看完了，就會忍不住試著自己寫寫看。」
「是嗎？」
「不是嗎？」
她好像已經收拾好行李了，正端著蠟燭朝我走來。
「你剛剛看到的那部小說，其實是我以這本書當作範本寫成的，不過寫得不太滿意。」
我接過她遞給我的書。這是本以兩名赤裸上身的男性作為封面的小說。
「這本書裡在講什麼？」
「你看不出來嗎？在講男性之間，真摯又堅定的情誼。」
「抱歉，我沒什麼男生朋友。」
「那你以後會有的。」
我再次端詳書封，兩個相貌英俊的男人彼此交纏，其中一個面露痛苦，另一個則露出邪佞的笑。

不……我想以後我也不會有這種朋友。

應該不會。

比起書，我反而比較好奇讓紫虛提筆寫作的原因。

「我自認也算是讀了滿多書，可是從來不會想要自己寫寫看。」

「為什麼？」

「沒為什麼，覺得這沒什麼意義。」

而且我也從來沒聽過有誰想寫書。無論是同行或是顧客，大家都只想看書而已。

不僅僅因為印刷技術失傳，而是找不到寫書的理由，也不知道該如何動筆。除此之外，還有些根本性的問題。

「妳覺得在紫式部之前，小說這種東西到底存不存在？」

據說紫式部的《源氏物語》是人類歷史上第一部長篇小說。

「為什麼這麼問？」

「我只是覺得『寫作』應該也是種技術，而隨著舊時代文明滅亡，這項技藝也跟著失傳了。」

我說：「所以我很驚訝妳竟然還知道怎麼寫作，圖書館內有指導如何寫作的教學書嗎？」

「可能有吧，不過我只是因為很喜歡你手上那本書才想自己試著寫寫看。」

紫虛再次指向那本封面有男人交疊的書。

「我不覺得這是什麼了不起的事。單純是因為我太無聊了，再說我寫得也不好。和它比起來，天差地遠。」
「以後多得是練習的機會。」我說：「從零到一才是最困難的，妳已經跨出最困難的一步了。」
我不知道該怎麼鼓勵人，只是身為一個賣書人，我打從心底希望紫虛能繼續寫下去。
哪怕寫得再爛都無所謂，至少替這個逐步邁入死亡的世界，創造一點新東西。
「所以不要放棄。」我以此作結。
爬上樓梯，回到閱覽室時，天邊已熨上了朝霞的雲彩。
這時我才驚覺，自己已在書庫裡待了整整一個晚上。
最後我還是決定把利益先擺在一邊，挑了幾本自己感興趣的書塞到書包裡。
紫虛跟在我身後，我給她的書包裡裝了幾本她想帶走的書，此外還有她用來練習寫作的稿紙和鉛筆。至於書庫裡的日用品，她不打算帶走，想等旅行途中再一一補齊。
我們跨過地上的血跡，她站在自己的那堆衣服前，挑了幾件塞到已經發脹得厲害的書包裡，一句話也沒說，只是搔了搔頭，幾隻跳蚤從頭髮裡蹦出來，往血跡的方向奔去，她還是什麼也沒說。
「下次回來這裡不知道是多久以後。」
我告訴她旅行書商很少會造訪同個地點多次。除非身上的旅費用罄，否則我不打算再回來。
「如果還有什麼事沒做，就趁現在吧。」

說完，我離開閱覽室，來到圖書館的入口。

小二子正趴在地上睡覺，知道我來了，狗尾巴搖得幾乎快掉下來。

讓牠乾等了一個晚上，我決定用書庫裡拿來的罐頭賠罪。

我將貨車重新繫在牠身上，拍了拍牠的背，活潑的那顆頭「汪」了一聲。不用我多解釋，牠總是擺出一副什麼都知道的樣子。

「這是你的馬嗎？」剛走出圖書館的紫虛一看見小二子便向我問道。

「這是狗。」

「我知道，只是……」她一副欲言又止的樣子。「為什麼不是貓呢？」

「貓才不會讓妳套上鞍繩，更不會幫妳拖車。」

「……說得也是。」

「要走了嗎？瓦斯關了？」

「走吧。」

她不動聲色地說。我的舊時代笑話沒能引起共鳴。

小二子嗅了嗅紫虛，朝她吠叫。

「牠好像不喜歡我。」

「妳想太多了。」

協助她攀上狗車後，我也爬上駕駛座。後座上多一個人對小二子沒有影響，牠依然用那悠閒的步調走在空無一人的大馬路上。

反而是我，一人一狗的旅行突然多了新夥伴，心中有種宛若來到陌生環境的不協調感。

書庫裡的藏書影響我的判斷，照理來說我應該更謹慎才是。

有那些書，這輩子都不用擔心餓死，可是這也意味著在紫虛放棄尋找父母前，我都必須帶她一起旅行。三年來一個人的生活，轉瞬之間結束了。

紫虛呢？她大概也沒有想清楚，否則怎麼可能會隨便跟著一個陌生人踏上廢土。

就算我是找到她的人，也跟她的父母毫無關係，一切都是誤打誤撞的結果。

我拿出書包裡的《窗外有藍天》。

若不是這本書，我根本不會發現那座地下書庫，還有窩居在裡頭的她。

4

回到城鎮的旅店時天色還早。由於徹夜未眠，紫虛面露疲態，頻頻打哈欠。

「我還有工作，妳就先好好休息。等睡飽了再去打聽妳父母親的消息也不遲。」

我話剛說完，倒在床上的她已經發出鼾聲了。明明踏出圖書館的理由是為了找到自己的父母，她卻一點也不緊張，剛才還悠閒地和我一起在路邊攤吃早飯。

頂著一張撲克臉的她，說不定是個少根筋的人。

我帶上要交給客戶的書，離開旅店，往城主家走去。

那本《窗外有藍天》，我不打算依約交給于頭。一方面是因為無論圖書館或地下室都找不到上冊，總不能把殘缺的故事交到客戶手上。另一方面，則是露西小姐的緣故。

有件事我想透過這本書確認。

路上，我順道買了些米餅當伴手禮。多虧紫虛貢獻的那幾本書，手頭突然變得很寬裕。來到修頓整齊的庭園，踏上石磚路，我再次來到城主家門前。

和昨天一樣的流程，敲了敲門，老管家探出頭來，問道：「有什麼事嗎？」

「我是昨天的那位書商。」

「原來是書商大人。」老人將門拉開了一些，同樣露出半個身子，也用同樣歉疚的語氣說：「可惜很不巧，今天老爺有其他安排，所以暫時抽不出身……」

「露西小姐呢？我這邊有本書，相信小姐一定會感興趣。」

「實在抱歉，露西小姐也不太方便——」

「有人找我嗎？老爺子。」

屋內傳來少女的聲音。

老管家拭去額頭上的汗水，向我道了聲：「失禮。」之後關上門。

等待幾秒後，大門再度打開，這次迎接我的正是昨天在後院邂逅的那名少女。

「露西小姐，見到妳真好。」我說著客套話。

「啊，果然是你。」露西也回以笑容道：「老爺子說有書商來找我，我就在想肯定是你沒錯了。找我有事嗎？」

「那個……」

「不好意思，這邊不方便說話吧。」

露西邀請我進屋，剛才的老管家就站在一旁，看見他向我欠身，我只好尷尬地笑了笑。

我跟在露西身後，沒有坐輪椅的她，手扶著牆壁，走起路來仍然一拐一拐的，老管家和女僕雖然想上前攙扶，卻被她一一拒絕。

她向我苦笑道：「這是老毛病了。」

「不要緊。」我說。

不過她的步法和患有腿疾的人完全不一樣。比起肌肉、關節的問題，她更像是找不到下一步路的立足點。光是看她爬樓梯的樣子，就讓人替她捏了把冷汗。

我被她帶進一間類似會客室的小房間，房裡擺著沙發和茶几等簡單家具，從窗外看去，正好能看到城主家的後院以及鐵欄後的公園。

不久，一名女僕送來茶點。露西說，那是用小米炒製的茶水，至於米餅則是城裡的特產。

「正好和我帶的伴手禮一樣。」

「因為大家都只會做相同的甜點。」

女僕離開後，房內又只剩下我們兩人。

我從包袱裡拿出書，將它推到露西面前。

「這是？」

「《窗外有藍天》的下冊。想說妳可能會有興趣，所以先拿過來給妳。」

露西輕撫著那本書的封面，臉上依然保持著溫柔婉約的笑容。

「別開玩笑了。」

我的心頭一驚。難道我想錯了嗎？

「你早就發現了吧？」露西說：「我的祕密。」

她將桌上那本《最長的旅程》推還給我。

這是那位作者的另一部小說，一樣是我在圖書館發現的。

如蛋白石般的混濁瞳孔正注視著我。那是露西的雙眼，如玻璃珠般空洞。

「為什麼要做這種事？」

我無法判斷露西是否在生氣，她的語氣確實變冷漠了，但我卻無法從中感受到任何惱色。

「如果我回答妳，妳可以告訴我為什麼要成天抱著那本書讀嗎？」

「可以。」少女乾脆地答覆。

「我只是好奇。」

「好奇什麼？」

「我覺得于頭的要求很奇怪。他說他不知道妳讀的那本書叫什麼名字，昨天才會拉我來確認。」可是從于頭和露西兩人的互動來看，他大可直接詢問露西書名就好，沒必要多此一舉。

「所以我想，或許妳也不知道這本書的名字。」

「你以為我不識字，卻沒想到我其實根本什麼都看不見吧？」

「嗯。」

「沒辦法，我從出生時就這樣了。」露西閉上眼睛，微笑道。「現在換我回答你的問題了。其實這也沒什麼好隱瞞的，單純是因為我必須讓這座城市的居民相信我。」

「相信妳？」

「或者說相信書吧。你可能有聽于頭或其他人說過，這座城市農產豐收的原因。」

「是因為城主大人從書上學來的農業知識吧。」

「很遺憾，父親大人根本不識字。」

「……妳的意思是？」

「稻米不論是豐收或歉收，都和我們家一點關係也沒有。父親大人就只是偶爾去田地，陪農夫灑灑水、翻翻土，大家就認為那塊地被施了魔法。實際上，單純是這裡的土地肥沃，不管怎麼耕種，收成都比其他地方好而已。」

「所以妳才故意在後院裡看書，好讓大家都能看見……」

城裡的百姓不識字，就連于頭都以為那本書是教授農業知識的專業典籍。

他們只要看到城主家千金在讀書，下意識就會認為她肯定在學習務農。

「這是母親大人的主意。」露西輕嘆口氣：「不這麼做，我們家就沒辦法維持下去。」

「但這片土地原本就是妳們家和其他地主的，不是嗎？」

「書商先生，就算我們不像你四處旅行，也不代表能把周遭的一切永遠留在身邊啊！我現在所過的生活，並不如我所想的理所當然，這點我還是知道的。」

對於露西的話，我無法反駁。

我默默將書收回包袱裡。

露西一路送我到門口，走之前，她微微傾下身，向我說道：「請不要責怪于頭，我看不見的事，不能讓任何人知道，那怕是外地人也不行。」

「我不會說的。」

我向她保證，並恭敬地行了禮。

結果那盒米餅還是得由我自己提回去。

在回去前，還有另外一個人要拜訪。

離開城主家前，我向露西打聽于頭家的位置，他好像跟一群農民住在城鎮邊緣的貨櫃屋裡。當高樓大廈不再為人所青睞時，這些鐵皮艙房就成為集合住宅的新代名詞。

來到于頭家門前時，正好看見他從房裡走出來。

我出聲叫住他，他看見我，眨了眨眼睛說：「大哥！」接著又揮手招呼，要我跟他進屋。

于頭的屋子裡，四條像抹布一樣的棉被隨意擱置在地上，牆邊堆著用石頭和廢鐵打磨而成的農具。這是城裡的農奴生活起居的地方，但除了睡覺以外，大概也沒有其他功能了。

「隨意坐吧，大哥。」

就算于頭這麼說，我也不知道該坐在哪裡。

我靠在牆邊，拿出書包裡的《窗外有藍天》。

于頭立刻睜大眼睛。「這本就是露西在看的書嗎？你真的找到了啊？」

「別高興得太早。」我說：「這只是下冊，不知道為什麼，圖書館裡的上冊全部不見了。」

「這……有關係嗎？」

我告訴他只有下冊，故事就不完整了。我不能在這種狀況下把書賣給他，這是詐欺。

道。

「那該怎麼辦？」于頭失望地垂下頭。

「你可以去跟露西借。她手上那本大概是僅存的上冊了。」

當然，世界上肯定還有其他套《窗外有藍天》，只是一時半晌我也找不到，所以于頭沒必要知道。

「但那是城主大人的書，要是隨便借來看會被處罰的……」

「那是小說，而且還是一本愛情小說，上面才不會寫什麼深奧的農業知識。你只要隨便拿一本書給露西，讓她做做樣子就好，反正也不會有人發現。」

「啊……」于頭小聲地發出驚呼。

「你已經知道了？」

「知道了，露西跟我說了。」

「唔……」

「你其實不是對那本書感興趣，而是想把那篇故事講給露西聽吧？」

「因為她看不見。」于頭唯唯諾諾地回道，「她的生日快到了，我想送她生日禮物，可是我除了白米，根本什麼也買不起。」

「所以你也明白她在大家面前看書的原因吧？」

「明白。」

于頭點點頭。

「為了讓人們相信她擁有『知識』，這樣大家才會願意幫她們家工作。」

看來不僅是露西眼盲的事，于頭根本對一切一清二楚。

「你明知道自己被騙了，卻還是喜歡她嗎？」

「不……露西沒有騙我。」于頭緩緩抬起頭，注視著我。「從她第一次來田裡看我們工作時，我就發現了。她詢問我如何翻土、灌溉、插秧還有收割。田地裡的事情她很努力想學會。」

當時于頭詢問露西：「這些事，書裡不是都有寫嗎？」

露西則是這麼回答的：「總是有無法從書本中獲得的知識。」

「我很害羞，一直不敢看她眼睛。好不容易鼓起勇氣偷瞄一眼，才發現她的眼珠和我們都不一樣……」

于頭說完，難為情地搔了搔頭。

「在那之後，我就一直幫她保守祕密。」

「原來如此。」我說：「我不想把不完整的書賣給客人，不過先借你倒是沒關係。你拿去跟露西交換上冊，我再把故事內容唸給你聽。」

「真的可以嗎？」

當然可以。若不是于頭，我不可能找到圖書館遺址，也不可能發現隱藏在地下的書庫。

我將《窗外有藍天》交給于頭，接著推開貨櫃屋的門，準備離去。

門口站著一位少年。

「呃。」

我還記得，于頭稱那位少年叫「班長」。

「我是來叫于頭的，他已經遲到很久了。」

少年面色僵硬，指著屋內的于頭說。于頭懷裡抱著那本書，神色慌張地瞪著我和少年。

「工作加油，我改天再來拜訪。」我向少年點了點頭，便走出貨櫃屋。

當時我並沒有多想，所以，我才沒有意識到此時班長少年的出現，會為這座城鎮帶來多巨大的動盪。

5

我告訴紫虛我還得在這座城市多留一陣子。我沒有告訴她于頭的事，而她也沒有多問。相處幾天後，我明白她對書商的工作沒有太大興趣，畢竟是圖書館長的女兒，對於書，她只想看，不想賣。

某天，我邀她出門逛街，她顯得興致缺缺。

「總得幫妳弄套外出用的衣服，現在這樣太奇怪了。」

因為從未踏出家門一步，她只有居家用的T恤和棉褲。起初我覺得無所謂，在旅店和其他住客擦身而過時她也不在意別人的目光，但考慮到將來的旅行，還是要找些能夠防風禦寒的大衣，就連鞋子、褲襪和內衣褲都得重新添購才是。

我和紫虛來到一間服飾店。說是服飾店，其實也只是商鋪主人從拾荒者那裡收購了許多衣服，一些不知用途的工具或藝品也能在這間店裡找到。

「付了錢才能把東西帶走，知道嗎？」

「……這種事不用你說。」

我從口袋裡掏出一盒撲克牌交給她。這是我到這座城市時去兌幣行換的，是附近通行的貨幣。

「儘管拿去花，不用客氣，反正開銷會從妳的旅費扣。」

我讓紫虛獨自進店挑衣服。對於這種沒有販售書本的商店，我實在提不起光顧的慾望。

我像俄羅斯的混混一樣蹲在店門前。正如之前所說的那樣，這是座富足快樂的米糧城市。大街上不見乞丐或瀕死的窮人，幾乎沒有一間商鋪是拉下鐵門的，只剩半截的老鼠屍體和五顏六色的嘔吐物只在小巷裡才能發現。

人類建立聚落，要從數十人的小村莊逐漸發展成城鎮需要相當長的時間。繁榮的市井光景不是一朝一夕可以見得，對長期泡在廢墟裡的人更是彌足珍貴，即使我對逛街購物沒興趣，卻不討厭走在街上和人碰撞肩膀的感覺。

在服飾店的對面，一棟只剩下斷垣殘壁的廢墟前，有個人正在木箱上吆喝著。來往的行人大多只看一眼便不再搭理，偶爾才會有些好奇的民眾在他面前駐足。

顯然我也是其中一個好事者，我橫越馬路，想聽清楚他在說什麼。

「……所以說，吹牛撒謊是對我們這些拚死工作的人不義！我們應該覺醒！工農人民團結！齊心協力！讓暴政滅亡！」

站在木箱上的男人說得慷慨激昂，我卻覺得這些說詞有幾分熟悉。

正當我在思考這席話的出處時，幾個手持棍棒、穿著清一色深藍制服的人前來驅趕人群。他們在這座城市裡負責維護秩序，類似舊時代警察的工作，不過居民不稱呼他們為「警察」，而是「城管」，似乎比我在書上所讀到的警察擁有更大的權力。

圍觀群眾一哄而散，我也趕忙逃回服飾店。方才演講的男人已不見蹤影，踩在腳下的木箱被留在原處，上面寫著「ＳＯＡＰ」的英文字樣。

「啊！大哥！」

有人叫住我。聽這暱稱，不用猜也知道是誰，肯定是于頭。

剛才的騷動尚未平息，于頭望向那群正在踢毀木箱的城管，詢問我發生了什麼事。

「有個傢伙在演講。」我說。

于頭對此不以為意，他將夾在腋下的書交給我說：「我跟露西借到上冊了！」
于頭說他今天休假，沒有要下田耕種，想趁此機會讓我唸書給他聽。
我請于頭稍等我一下。走進店內，告訴紫虛臨時有事必須先離開時，紫虛沒多說什麼，只是點了點頭，此時她手裡已經提了一籃品味獨特的衣服。
「那是大哥您的太太嗎？」于頭目不轉睛地看著正等待結帳的紫虛問道。
「不。」我說：「是我的金主。」
比起妻子，擁有金主更讓我驕傲。
我們回到于頭的貨櫃屋，于頭把地上的被褥推到牆角，席地盤坐。
放馬過來吧——從少年的眼神中，彷彿看見了燃燒的鬥志。我告訴他讀書是件愉快的事，不需如此緊張。
我翻開書本，跳過無關緊要的導讀和目錄，從第一章第一行開始唸。
「唸慢一點，我怕我聽不懂。」
「不會，我還滿擅長教人唸書的。」
好幾年前我也有過類似的經驗。當時的狀況和于頭不同，我不僅得教一對姊妹花讀書，還得讓她們學習認字。即使不容易，兩人卻都很努力，我寄宿在她們家的這段時間，兩姊妹已經能靠自己讀完一本書了。

我和那些泡沫經濟後的年輕人沒什麼兩樣，對這個世界充滿不滿與不安，但就算是這樣的人生，還是有些一輩子都不願遺忘的事。

儘管那是生命中的殘缺，她們仍是我至今唯一真心喜歡過的人。

我慢慢地唸出書上的文字，一字一句清楚地唸。我不確定于頭是否真的對愛情故事感興趣，但我知道他的雙眼始終沒有離開書上。

密密麻麻的墨印，即使一個字也讀不懂，他還是想盯著書看，就像露西一樣。

直到天色黯淡，于頭的屋內沒有油燈照明，我才闔上書本。

回到旅館房間時，紫虛正站在窗戶前俯視街景。

「你看。」她說：「有遊行。」

我來到她身邊，一同往外頭望去。一小撮人正走在馬路中央，揮舞著手中的農具。

我認出帶頭的是早上那個站在木箱上演講的男人。

毫無意外的，那群手持棍棒的城管從另一個街口冒出來。這次幾個人躲避不及，被撲倒在地，其中有個老頭被棒子敲得頭破血流。

「我在書上讀過類似的場景。」紫虛說。

此時的她就像趴在窗前望著深紫色夜空，等待暴風雨降臨的小女孩。

而我只是隨便應了兩聲，便拿著臉盆到浴室擦身體。再怎麼光鮮亮麗的城市也會產生衝突，對此我並沒有多想。

後來，每當碰上于頭休假時，我便會去貨櫃屋找他，如果當天他要工作，我則會趁他歇息的空檔去田裡唸故事給他聽。

《窗外有藍天》並不是一本劇情長到足以花上好幾個星期閱讀的書，何況在拆分成兩本後，單冊的篇幅更是少得可憐，但于頭必須把故事轉述給露西，所以同樣的段落常常會要求我唸好幾遍。

「上冊讀完了。你找個時間去跟露西把下冊換回來。」

由於故事中斷在不明不白的地方，于頭顯得有些難耐，不過當我請他去找露西時，他擺出了相當複雜的表情。

「怎麼？有困難嗎？」

「……不，我會試試看。」

隨後他抿起嘴唇，不發一語。

于頭的反應讓人在意，可是幾天後，他便把《窗外有藍天》的下冊交到我手裡。

「這是我好不容易才弄到手的，趕快唸給我聽吧。」

原本我唸故事時，于頭會對書中的劇情做出評論，也會熱切地和我討論角色間的關係和互動。可是自從我開始讀下半本後，他突然變得沉默寡言。

據我所知，《窗外有藍天》是一部歌頌愛情與自由的喜劇，實在找不到令他難過的理由才對。

不過他的話變少了，意味著我能更順暢地把故事讀完，對我而言反而是好事，所以我不打算多問。

當天晚上，紫虛告訴我她打聽到父母親的消息了。

「他們每次到城裡去，好像都是為了找城主。」

紫虛透過旅店主人引薦，認識了城裡的某位小地主，小地主說他曾在領主的宴席上見過紫虛的父母親。

「你有辦法見到城主嗎？」

「可以試試看。」

有過連續兩次碰壁的經驗，實在不能太樂觀。尤其是知道城主家的祕密後，我不覺得他們會對我手上的書感興趣。

看來只能拜託露西了。

我告訴紫虛，我得先處理完于頭那邊的工作才能幫她。

「沒關係，這是當初說好的。」她說。

隔天出門時，一頭牛正好從我眼前奔過，牛屁股後綁著一條繩子，繩子末端還捆著一個長條形的麻布袋，布袋捆成人形的輪廓，在地上磨擦。

一群人跟著狂奔的牛歡呼，他們口裡喊著：「打倒騙子！打倒壓迫者！」

往貨櫃屋的途中，我從路人口中偶然得知，昨天深夜，城裡的一個地主被人闖進屋子裡殺害，牛隻拖行的正是那個人的屍體。
我將這件事轉述給于頭，于頭如呢喃般說道：「以前從來沒發生過這種事。」
《窗外有藍天》的故事快結束了，只剩下最後一個章節。
我們坐在貨櫃裡，照常讀著書。于頭依然心不在焉，最後他像吐出憋了好久的氣一般問道：「大哥，你最近有去城主大人家嗎？」
「還沒。」
「那勸你最近少往那裡跑。」
于頭說這陣子城主家門口都聚集很多抗議的民眾，認為城主騙了他們。
——小姐是個讀不了書的瞎子，農田交給她治理，肯定會全部枯死的！
——沒有知識的人不配領導我們！
民間似乎傳來了這樣的聲音。
起初負責維持秩序的城管還有辦法應付，但隨著抗議的群眾越來越多，反而傳出有城管掛彩受傷的消息。演變至今，甚至發生了兇殺案。
「我很擔心露西。」
聽完故事後，于頭起身，表示要去城主家。
「那我也一起去吧。」我說。

「你沒聽見我剛才說的嗎？現在去那裡很危險。」
「我和人約定好，一定得見城主一面。」
我知道于頭是真切地擔心我的安危，不過我也不想放任他獨自行動。好不容易才把故事講完，萬一他還來不及轉述給露西聽便橫死街頭，那就太可惜了。
我們穿出貨櫃住宅區，經過市中心，街上空無一人，商鋪門窗緊閉，那具麻布袋被棄置在城管的事務局前面，上頭還有蒼蠅在飛舞。城鎮各處都有怪異的塗鴉，看得出來是盛怒的市民所為，但因為沒有人會寫字，反倒像是小孩的鬼畫符。
暴亂似乎僅限特定地區，我順道繞去旅店查看，幸好旅店並沒有受波及，也確認紫虛平安無事。
「少出門會比較長壽。」紫虛向我提出忠告，我則是回了聲「您說得真有道理。」後便離開了。
越靠近宅邸，我們的內心就越發不安。路上出現橫死街頭的屍體並不是稀奇事，但顯然不該在這座城市發生。
空氣中瀰漫著煙燻味以及熱氣。
轉入轉角，前方就是城主的宅邸。
黑色的濃煙遮蔽了天空，火光不時從宅院的窗戶內竄出。
「露西……！」
身旁的少年輕喚少女的名字，我來不及拉住他，他便朝宅邸的方向飛奔而去。

反抗的民眾在宅邸縱火，不過火勢並沒有在水泥建築裡完全蔓延。許多人仍留在城主家，搜刮物資和錢財。

于頭將那些在入口處清點戰利品的人推開，跑進大門敞開的玄關。

我跟在他身後，看見老管家倒在階梯旁，他的腦袋被打破了一個洞，人們越過他的屍體，在地上留下許多血腳印。

「露西！妳在哪裡？」

于頭大聲叫喊著，原本在宅邸翻箱倒櫃的人們聽見領主女兒的名字，紛紛對于頭投以攻擊性的目光。

「冷靜點。」我摀住他的嘴，低聲說道：「你想被當作城主家的人嗎？」

「可是露西她——」

「照這種情況，你不管怎麼喊，露西都不會出來的。」

我出門時沒有帶上任何防身用具，無論如何都得避免跟人起衝突。

我把一旁架上的花瓶撥到地上，原本瞪著我們的鎮民這才移開視線。

我跟在于頭身後，在宅邸內四處搜索露西的下落。

「喂，于頭，你也來啦！」

踏入二樓時，一個男人跟他打招呼，是和于頭在同一塊田地工作的夥伴。

男人跨過倒臥在牆邊的女僕屍體，掏出幾張撲克牌塞到于頭的口袋裡。

「你來晚了，值錢的東西都差不多被搬光了。看在我們的交情，一點小意思，至少別讓你白跑一趟。」

我聽見于頭劇烈的喘息聲，悄然間，他已握緊拳頭。

我抓住于頭的手腕，向男人問道：「找到城主一家了嗎？」

「夫妻倆在樓上呢。」男人笑嘻嘻地說，「想一睹他們的尊容可得快一點，誰知道火會燒到什麼程度。」

「謝了。」我也扯開討人厭的笑容回禮。

我拉著于頭走出房間，拾階而上，同時也與幾個鎮民擦肩而過，其中一個人好心提醒我們火勢已經蔓延，要多加小心。

那個人穿著城管的制服，制服上卻沾滿血汙。

來到三樓，果然濃煙密布，我叫于頭壓低身子隨我前進，走廊上倒著兩具屍首，從服裝來看應該也是宅邸的僕役。

隨著視線越來越模糊，我和于頭來到迴廊深處，一旁微微敞開的門內滲出血泊，一張扭曲的面孔正張大著雙眼瞪著我們。

于頭說，那就是城主。

這是我第一次看到夫妻倆，卻沒想到是以這種形式見面。

兩人橫臥在室內，脖子上被劃了一道裂口，遺體還有被凌虐過的痕跡。

我突然想起，這間房間就是露西接待我的會客室。

「露西呢？」于頭一邊乾咳一邊問道。

我豎起耳朵聆聽，劈哩啪啦的燃燒聲幾乎蓋過一切，但我相信，女孩如果沒有逃走，那一定就在這裡。

我順著夫妻倆陳屍的方向望去，他們的雙腿正對著一座櫥櫃。

我打開櫥櫃，裡頭空無一物。仔細觀察，發現地上有拖行的痕跡。

「這兩對夫婦果然是朋友。」

我忍不住低喃道，並推開那座櫥櫃。後面是一個小空間，少女正抱著雙腿，在裡頭啜泣。

「露西！」

聽見少年的呼喚，少女抬起頭。

「……于頭？」

少女拭去眼中的淚水，搖搖晃晃地站起來。

「你來找我了啊，于頭……」

「嗯，沒事的，我現在就想辦法把妳帶出去。」

于頭攙扶著露西，從櫥櫃後走出來。
「爸爸媽媽呢？」
「他們已經逃走了。」搶在于頭之前，我代替他回道並推開窗戶。這裡距離地面大約七公尺高，直接跳下去肯定會受傷。
「于頭，幫我把沙發扔下去。」
「啊，好的！」
我和于頭合力扛起沙發，扔到一樓。雖然不知道緩衝的效果如何，但總比沒有好。
我率先跳下，屁股不偏不倚地落到座墊上，但仍然感受到巨大的衝擊與伴隨而來的疼痛。
「大哥！沒事吧？」于頭探出窗外確認我的狀況。
「還好，摔不死人。」
接著，于頭也抱著露西，從三樓一躍而下。
「屁股要裂兩半了……」
「屁股本來就是兩半。」
我和露西合力拉起癱坐在沙發上的于頭。由於負擔兩個人的體重，于頭落地時受到的傷害比我還嚴重。
「于頭……」露西感到相當自責，但于頭只是笑了笑說：「我沒事，倒是要想辦法逃出去。」

鎮民都集中在入口處觀賞宅邸被烈火吞噬，沒有人注意到後院的我們。

我們三人悄悄地翻過鐵欄，來到公園，此時四周已是一片昏暗，舉頭還能望見閃爍的星辰。

火焰燃燒的聲音中混著微弱的哭聲，露西擔心被發現，遲遲不敢放聲大哭，但也不知該如何止住淚水。

我還不知道該讓于頭帶著露西躲到哪裡去，只好先回旅店跟紫虛會合。我獨自走在前頭探路，如此一來便能在第一時間提醒他們繞道迴避。

城鎮裡到處都是拿著武器與火把的市民，他們大多穿著破爛，和于頭一樣是農奴身分。昔日繁華的市鎮裡，有好幾處燃起了焚天般的火光，于頭悄聲告訴我，那些都是地主們的房子。

我們不斷避開人群，在黑暗中潛行。

突然，我聽見身後傳來露西的叫聲。

月光照耀下，我看見滿臉鮮血的于頭張開雙臂擋在露西身前。露西不知道發生了什麼事，慌張地左顧右盼。

好幾個人從陰影中現形。他們點燃火把，在橙紅色的光芒照耀下，每個人都帶著猙獰的面孔。

他們和于頭一樣也是農奴。

「于頭，你這個背叛者！」

一個拿著草叉的人咆哮道，是那個被稱為「班長」的少年。

「你不但沒有站在我們這一邊，還幫城主一家欺騙我們！」
「快把城主的女兒交出來！不然我一定讓你死得很難看！」
于頭摀著臉，不甘示弱地回道：「這跟露西沒關係！她是無辜的！」
「無辜？別開玩笑了。看不了書的瞎子要怎麼領導我們？等明年鬧飢荒時，她要負責嗎？」
「這跟書沒有關係……」
于頭本想辯解，但是領主一家用書本鞏固統治權是事實。如果告訴對方農產豐收和書根本沒關係，只會讓露西的處境變得更為艱難。
「那個，知識不一定要透過書本才能吸收，也可以經由前人傳述——」
「外地人閉嘴，待會兒就來收拾你。」
我本來想緩和劍拔弩張的氣氛，卻沒想到自己的情況也很危險。
一群大漢將我們團團圍住，由於城鎮不缺糧食，這些人又長時間進行勞務，每個人的身型都非常壯碩，我一點勝算也沒有。
「先是露西，再來是你，最後是那個外地人。」少年威脅道。
我拍了拍自己外套的口袋，裡頭空無一物，身上一毛錢也沒有，連談判的籌碼都拿不出來。
于頭將露西摟在懷中，不停向我道歉。是啊，這一切都是你的錯。我很想這麼回他，可是知道自己凶多吉少，就連遷怒的力氣都沒了。

「得讓每個人看到你們的屍體，大夥兒的怒氣才能平息。」

班長少年說著，並將手中生鏽的草叉往于頭的脖子刺去。

鏗啷。

草叉掉到地上，發出清脆的聲響。

少年跌坐在地上，所有人彷彿都忘了原本的目的，追隨著少年驚恐的目光，往我身後的方向望去。

狼嚎聲響徹在整條小巷。

不過，那其實是一隻狗，一隻身型巨大的雙頭狗。

或許是因為夜色朦朧，也或許是因為他們沒看過有兩顆頭的巨犬，我聽見好幾個人口裡嚼著含糊不清的字句，說著諸如「怪物」一類的囈語。

狗背上，少女抬起頭來，依然面無表情地盯著我看。

6

「抱歉，請讓我檢查行李。」

城口關隘，一個拿著城管棍棒、穿著城管制服，但肯定不是城管的人命令我留步。

我告訴他我是一名書商。

「書商？所以你見過城主和他女兒嘍？」

「沒見過。」我說：「聽說城主一家根本不識字？要想跟他們做生意是不可能的。」

「那麼你車上這兩大袋米是……？」

「路上要吃的。內人很喜歡吃白飯。」

男人抓起一把米，米粒從他的指縫間流過。

「這樣啊，那你可要好好珍惜了，明年這裡的稻米可就不會像往年一般豐收了。」

「等明年收成時再說吧。」

我如此回道，駕著狗車準備出城。

「等一下。」

結果又再次被叫住。

「據說昨天晚上有人目擊到一隻三頭怪物攻擊農民，你有頭緒嗎？」

「你看小二子有幾顆頭？」

「兩顆。」

「那你覺得我會有頭緒嗎？」

「沒有。」
這次他總算肯放行了。
離開城鎮後，我聽見後座傳來少女的呢喃。
「我不是你內人。」紫虛說。
「我不是指妳，我是指小二子。」
「牠是公狗。」
「公的就不行嗎？」
「當然可以……」
說完，便聽見她的笑聲。儘管我完全不覺得這句話有哪裡好笑，卻是我第一次聽見紫虛笑。
道路上有不少牛車往來，我和迎面而至的旅客或商人互相問候，順道告訴他們前方的城鎮正處於動盪中，關隘檢查非常嚴格。
「不過那裡的白米非常好吃。」
最後，我們路過一處廢墟，確認廢墟內沒有人住後，我將車上的兩袋白米搬進屋內。
于頭和露西從米袋中鑽出來，拍掉身上的米粒，連聲向我道謝。
「真的把你們放在這裡就好了嗎？」我再次詢問。「下一個村落應該離這裡不遠，你們不用勉強自己待在廢墟裡。」

「城裡的那群人可能會跑到其他村子找我們，有人的地方就有危險。」于頭說，「而且我們也沒打算一直待在這裡，還得幫露西找到她的父母，對吧？」

于頭牽起露西的手，露西堅定地點了點頭。

「這樣啊。」

我的腦中一片空白。面對這種場合，到底該說什麼話，一點頭緒也沒有。即使看了不少雞湯書，卻還是說不出什麼激勵人心的台詞。

「那這兩袋米就給你們，至少一時半晌餓不死人。」

「大哥……」

于頭張開雙臂，我明白他的意思，主動將他擁入懷中。

「別跟我客氣了。你還記得我唸給你聽的故事嗎？」

「記得。」

「那就好。」

故事並不是非得寫在紙上不可，如果是于頭的話，說不定可以講出更能打動露西的故事。我如此期盼著。

最後，狗車在兩人的目送下逐漸駛離廢墟。

公路的兩側被旱田與荒地包圍，寬闊的柏油路面上偶爾會出現殘缺的斑馬線。

「抱歉，最後還是沒能打聽到妳爸媽的消息。」

坐在駕駛座上，我遙望著道路彼方，不動聲色地說道。

「嗯。」

過了一會兒，紫虛才再次開口：「這不是你的錯。」

「我其實有想過，妳爸媽為什麼會如此安排。」

「安排？」

「聽妳的意思，他們好像希望妳跟著第一個找到妳的人走。」

「是這樣沒錯。」

「我想那是因為《窗外有藍天》的緣故。」

我之所以發現地下書庫的存在，就是因為書架上一整排的《窗外有藍天》。

最初令我納悶的是，架上只有下冊沒有上冊。仔細想想，便知道這是紫虛的父母所安排的巧思。

畢竟架上如果缺少上冊，下冊自然也不會有人翻動。作為書商，我不會從廢墟中帶走不完整的書籍，當然也包含這種斷頭書。

換言之，會去拿下冊的人肯定就是擁有上冊的人。

那個人就是露西，或者說城主家。

於是，當城主家的人前來取走下冊時，就會發現隱藏在書櫃後面的門。

「當初把《窗外有藍天》借給露西的人肯定就是妳爸媽。」

他們只借出上冊，等待某天露西讀完書了會來借下冊。兩個家族借閱典籍的關係，正好在拾荒者攻擊時給了紫虛的父母逃生靈感。

圖書館內有生過火的痕跡，大概是當初紫虛的父母焚燒上冊時所留下的，為的就是避免城主家以外的人拿走下冊，間接知道地下書庫的存在。

「可是爸爸媽媽不知道城主一家其實不識字，不可能會來拿下冊……所以他們的計畫失敗了，永遠都不會有人找到我。」

我沒有回過頭確認紫虛的表情，似乎也沒這個必要。

「和旅行一樣，總是有很多意外。」我說。

畢竟，你也不知道自己會不會某天突然多出個旅伴。

「嗯。」

雖然她只是輕應了一聲，聽起來卻很疲憊。

「到下一個市鎮，再幫妳打聽看看父母的消息。」

我說著欺騙自己的話。每次提起她的父母，我就會想到圖書館的那灘血跡。

然後，我想起了于頭。
他也說他會幫露西找到失散的父母。
在那棟廢墟前，我們即將道別時，我告訴于頭，希望他帶著露西好好活下去。
雙眼纏著繃帶的他，堅定地告訴我。
「我一定會的。」
昨晚，帶露西逃出宅邸後，我們碰到與他共事的農民，其中那個少年拿草叉刺瞎了于頭的雙眼。雖然一回到旅館我便用行李中的醫療用品替他做了緊急處置，但那雙被搗爛的眼球，無論如何也不可能恢復。
我們都明白，一輩子不可能。
但于頭的臉上沒有一絲陰霾，即便他往後的人生都得在黑暗中度過，他依然發自內心地綻放笑容。
「至少我現在終於知道露西所看見的風景是什麼樣子了。」
天空一片湛藍，如玻璃彈珠般晶瑩閃亮。
而他就這樣牽著少女的手，目送我們遠去。

※關於《窗外有藍天》：

愛德華．摩根．福斯特於一九〇八年發表的愛情小說。講述英國少女露西在義大利結識青年愛默生後，勇敢追求愛情及自由的故事。

──本集完──

高寶書版集團
gobooks.com.tw

CP Capt CP005

世紀末書商01

作　　者　八千子
插　　畫　淺也井
責任編輯　陳凱筠
封面設計　林　檎
內頁排版　彭立瑋
企　　劃　何嘉雯

發 行 人　朱凱蕾
出　　版　三日月書版股份有限公司
Printed in Taiwan
地　　址　臺北市內湖區洲子街88號3樓
網　　址　www.gobooks.com.tw
電　　話　(02) 27992788
電　　郵　readers@gobooks.com.tw（讀者服務部）
傳　　真　出版部　(02) 27990909　行銷部 (02) 27993088
郵政劃撥　50404557
戶　　名　三日月書版股份有限公司
發　　行　英屬維京群島商高寶國際有限公司台灣分公司
Global Group Holdings, Ltd.
初版日期　2021年 11 月

國家圖書館出版品預行編目(CIP)資料

世紀末書商/八千子著.-- 初版. -- 臺北市：三日月書版股份有限公司, 2021.11-
冊；　公分. --

ISBN 978-986-0774-47-4(第1冊：平裝)

863.57　　110017570